hänssler

Unter Sklavenhändlern

Andreas Schwantge

6. Auflage 1999, Hänssler Verlag, D-71087 Holzgerlingen
TELOS-Taschenbuch 5303
Bestell-Nr. 75.303
ISBN 3-7751-0788-6

Titelgrafik: Walter Rieck
Umschlaggestaltung: Heide Schnorr v. Carolsfeld
Druck und Bindung: Ebner Ulm
Printed in Germany

Inhalt

1. Der Überfall

Kibi lag in der Hütte. Er war fast zwölf Jahre alt und lebte in dem afrikanischen Dorf Lawra, im Norden des heutigen Ghana. Der schwarze, kräftige Junge mit den krausen Haaren sollte schon lange schlafen, denn längst war die Nacht hereingebrochen.

Neben sich hörte er das Schnarchen des Vaters und die gleichmäßigen Atemzüge der Mutter und seiner Geschwister.

Unruhig wälzte sich Kibi hin und her, aber der Schlaf wollte sich nicht einstellen.

In der Hütte nebenan wohnte Nsnawam, ein alter, hagerer Schwarzer von der Goldküste, über 600 Kilometer von Lawra entfernt. Vor einigen Jahren war Nsnawam in das Dorf gekommen und hatte sich hier niedergelassen.

Wegen dieses Nsnawams konnte Kibi nicht einschlafen. Am vergangenen Abend war er in der Nähe der Alten geblieben, die sich um das große Feuer versammelt hatten. Jeden Abend kamen sie dort zusammen und erzählten Geschichten.

Plötzlich hatte Nsnawam angefangen, von seiner Vergangenheit zu sprechen. Er erzählte von seinem Heimatdorf, beschrieb das weite Meer und die großen Schiffe, die darauf fuhren.

Dann sprach er davon, wie er nach dem Tod seiner Eltern aufgebrochen war, und von seinem gefährlichen Weg durch den Urwald.

Warum hatte er sein Dorf verlassen? Auf diese Frage hatte Nsnawam nur ein kleines Lächeln als Antwort gegeben. Kibi kannte nur den kleinen Fluß, der sich in der Nähe des Dorfes träge dahinschlängelte. Mit ein paar großen Schritten konnte man ihn durchwaten und an das andere Ufer kommen. Das Meer aber schien kein Ende zu haben.

»Soweit man sehen kann, nur Wasser« hatte Nsnawam gesagt. Kibi konnte sich dies nicht vorstellen, so sehr er es auch versuchte.

Und warum hatte Nsnawam sein Dorf verlassen und die weite, gefährliche Strecke bis nach Lawra zurückgelegt? Vielleicht war er ein Verbrecher und mußte fliehen? Hatte er gar seine eigenen Eltern ermordet? Nach deren Tod verließ er doch sein Dorf. Oder gab es einen anderen Grund? All diese Fragen ließen Kibi nicht einschlafen.

Bisher wurde Nsnawam, obwohl er ihr Nachbar war, von ihm nicht weiter beachtet. Was kümmerten sich die Kinder schon um fremde, alte Männer. Kibi hatte ihn ab und zu singen hören und gelauscht. Nsnawams schöne, tiefe Stimme tröstete Kibi immer, wenn er traurig war, aber das kam selten vor.

Nsnawam sang von einem fremden Mann, und Kibi interessierte sich für diesen nicht besonders. Er schien kein Häuptling und kein guter Jäger zu sein, und so kam es, daß Kibi auf den Text der Lieder nicht besonders achtete.

Wieder drehte er sich auf die andere Seite. Da! Er hörte leise Fußtritte außerhalb der Hütte. Jetzt, mitten in der Nacht? Wer konnte noch unterwegs sein?

Die Nacht gehörte den Geistern. Niemand wagte es, wenn das große Feuer verloschen war, seine Hütte zu verlassen; es sei denn, er hatte sehr wichtige Dinge zu tun. Vielleicht war es der Zauberer?

Kibi hörte ein leises Flüstern und eigenartige Geräusche. Was war das für ein Knistern? Wurde das Feuer neu entfacht? Er setzte sich auf und lauschte. Schreie hallten durch die Nacht.

Sein Vater erwachte und lief zum Eingang der

Hütte. Nun sprang auch Kibi auf. Kaum waren die beiden im Freien, da sahen sie, daß das halbe Dorf in Flammen stand. Dichte Rauchwolken stiegen empor. Schon fing auch ihre Hütte zu brennen an. Kibis Mutter und seine Geschwister rannten heraus und versuchten alles mitzunehmen, was möglich war. Die einfachen Hütten brannten so schnell ab, daß es keinen Sinn hatte, den Versuch zu unternehmen, das Feuer zu löschen.

Sie eilten zum Fluß, um sich in Sicherheit zu bringen. Von dort vernahmen sie lautes Geschrei. Das war kein Klagen jammernder Frauen oder doch? Nein, auch Männer schrien. Es hörte sich sogar nach einem Kampf an. Was war da los? Einige Frauen rannten ihnen entsetzt entgegen: »Sklavenhändler!«

Bei diesem Wort blieb Kibi einen Augenblick wie gebannt stehen. Ihr Dorf war also angezündet worden, um sie aus den Hütten zu jagen und gefangen zu nehmen. Und dann ging alles ungeheuer schnell.

Gegen die Gewehre der feindlichen Neger waren ihre eigenen Waffen, Pfeil, Bogen und Speer, machtlos. Von allen Seiten drangen Männer auf sie ein und trieben sie zusammen. Dann wurde es langsam wieder still.

Kibi hörte das leise Jammern der Frauen und Kinder und das Stöhnen der Verwundeten. Er saß auf dem Boden, inmitten seiner Leidensgenossen. Seine Eltern und Geschwister hatte er im allgemeinen Durcheinander verloren.

Den Männern schnürte man die Arme auf dem Rükken zusammen, daß sich die Ellenbogen berührten. Auch Kibis Arme riß man nach hinten und fesselte ihn. Man zählte ihn also zu den Männern, denn die Frauen und Kinder wurden nur an den Händen zusammengebunden. Dann begann ein kurzer Marsch in die Finsternis bis zu einer kleinen Lichtung.

»Wie viele habt ihr?« hörte Kibi fragen.

»Zwanzig Männer, dreiunddreißig Frauen und eine Anzahl Kinder«, war die Antwort. »Es war ein kleines Dorf«, fügte die Stimme hinzu. »Und viele sind verwundet oder getötet worden.«

»Wo sind die Verwundeten?« fragte der Erste.

»Wir ließen sie liegen.«

»Gut.«

Man befahl ihnen, sich hinzusetzen, und nun hatte Kibi zum ersten Mal wieder Zeit, etwas nachzudenken.

Wo war sein Vater? Wo seine Mutter und seine Geschwister? Wo war Nsnawam? Wo der Zauberer und der Häuptling? Kibi blickte umher, aber es war so dunkel, daß er nur die allernächsten Mitgefangenen erkennen konnte.

Weder seine Eltern noch seine Geschwister waren darunter. Lebten sie noch? Konnten sie vielleicht fliehen? Oder hatte man sie verletzt? Waren sie als Verwundete zurückgeblieben und mußten jämmerlich zugrunde gehen?

Kibi saß auf dem Boden und fing an, leise zu weinen. Er weinte nur selten, aber nun war alles so hoffnungslos. Er konnte die Tränen einfach nicht zurückhalten. Während er so dasaß, hörte er etwas. Es klang wie ein Lied. Aber das konnte doch nicht sein. Oder doch? Ja, da sang jemand, irgendwo im Dunkel. Kibi erkannte die Stimme: es war Nsnawam.

Die schönen, tiefen Töne klangen zuerst zaghaft, dann immer kräftiger durch den Urwald.

Diesmal hörte Kibi nicht nur auf die Melodie. Nsnawam sang wieder von diesem fremden, unbekannten Mann:

»Er wird die Trauernden trösten
und die Gefangenen befrein.
Dann wird niemand mehr weinen,
nur große Freude wird sein.«

Eigenartig, dachte Kibi und lauschte. Noch nie hatte er sich für die Texte richtig interessiert. Nun aber saß er da und achtete auf jedes Wort.

Langsam wurde er ruhiger. Die anderen um ihn herum, die ebenfalls leise geweint und gejammert hatten, wurden allmählich auch stiller.

Plötzlich rief jemand: »Ruhe!« Kibi hörte einen Schlag, einen kurzen Schrei und dann war Stille.

Hatten sie Nsnawam getötet? Er lauschte in die Finsternis. Keiner wagte es, etwas zu sagen, denn jeder hatte Angst, auch geschlagen zu werden.

Allmählich begann Kibi zu frieren, denn die afrikanischen Nächte können sehr kalt sein.

Vielleicht träumte er nur? Oder war es Wirklichkeit? Was würde mit ihnen geschehen? Sklaven? Dieses Wort hatte er schon öfters gehört. Man verkaufte sie – und dann?

Endlich sagte sich Kibi, daß der mächtige Zauberer ihnen bestimmt helfen konnte. Gewiß war er unter den Lebenden, denn wer sollte ihm, dem Freund der guten Geister, etwas anhaben können?

Der Morgen graute. Kaum stand die Sonne am Himmel, da mußten sie aufstehen und einem Schwarzen folgen, der ein Gewehr über der Schulter trug.

Stundenlang marschierten sie durch den afrikanischen Busch. Die Fesseln schnitten ins Fleisch. Die Arme schmerzten schrecklich. Durst und Hunger meldeten sich. Aber es ging weiter, immer weiter.

Kibi versuchte die Männer zu erkennen, die sich vor ihm dahinschleppten. Aber seinen Vater konnte er nicht unter ihnen entdecken.

Sie wurden vorwärtsgetrieben. Wer anhielt, spürte die

Peitsche. Der Mann vor Kibi brach zusammen. Kibi hielt an. Schon war einer der Sklaventreiber neben ihm und stieß ihn weiter.

Er fing wieder zu weinen an. Die Sonne schien auf den Urwald herunter. Es war gegen Mittag und die Luft war stickig heiß. Er konnte kaum mehr laufen. Endlich sagte der Führer »Halt!« und sie durften sich setzen. Kibi fiel zu Boden.

»Gib mir etwas zu trinken«, bat er einen der Sklaventreiber. Dieser lachte nur und ging weiter. Kibi saß neben einem gleichaltrigen Jungen.

»Weißt du schon«, sagte er, »daß sie den Zauberer umgebracht haben?«

»Nein«, erwiderte Kibi.

»Schon gestern abend im Dorf«, meinte der Junge.

Nun gibt es keine Hilfe mehr für uns, dachte Kibi und fragte: »Weißt du etwas von Nsnawam?«

»Nein, aber ich nehme an, daß er gestern abend getötet wurde.«

»Ruhe!« Vor Kibi stand einer der Fremden und trat ihn in die Seite. »Oder willst du die Reise schon hier beenden?« Dabei sah er ihn höhnisch an.

Kibi schwieg angstvoll.

Der Zauberer war tot und damit schwand seine letzte Hoffnung. Ob seine Eltern und seine Geschwister wohl noch lebten? Und Nsnawam?

»Los, weiter geht's!« Sie mußten aufstehen, und der endlos scheinende Marsch wurde fortgesetzt. Am Abend hielten sie wieder an. »Schlaft jetzt!« befahl jemand.

Nach dem anstrengenden Marsch schlief Kibi trotz Angst, Hunger und Durst schnell ein. Aber er schlief schlecht. Im Traum sah er Gestalten um sich herumschleichen. Sie machten gräßliche Gesichter und bedrohten ihn mit Speeren. Dann sah er seine Eltern und Geschwister tot in der Hütte liegen, die gerade vom Feuer erfaßt wurde. Er sah den Zauberer mit einer schrecklichen Maske auf sich zukommen und hörte ihn schreien: »Dich hole ich bald zu mir!«

Da hallte ein Schuß durch die Nacht. Kibi fuhr aus dem Schlaf auf und merkte, daß er nur geträumt hatte.

Ein weiterer, ein dritter Schuß! Schreie! Schnell wurde von geübter Hand ein Feuer entfacht, und nach wenigen Minuten sah er, wie ein Mann von zwei Sklaventreibern dorthin geführt wurde.

»Fliehen wolltest du!« schrie ihn der eine an. »Aber nicht bei uns!« Er schlug mit seiner Peitsche so lange auf den gefangenen Flüchtling ein, bis dieser regungslos liegenblieb.

Es war ein unheimliches Bild: Das flackernde Licht des Feuers, der stöhnende Mann auf dem Boden, während ein eisig blickender Neger mit der Peitsche neben dem laut Jammernden stand.

»Der Nächste, der es wagt zu fliehen, wird totgeschlagen«, sagte er und blickte drohend in die Runde. Kibi schauderte. Lange konnte er nicht mehr einschlafen. Endlich fiel er in einen unruhigen Schlaf.

Kaum war die Sonne aufgegangen, da wurden sie geweckt. Jeder bekam ein paar Schluck Wasser, und dann ging es weiter. Wieder trieb man sie stundenlang durch den Urwald. Wer nicht mehr konnte, wurde so lange geschlagen, bis er weitertaumelte, oder man tötete ihn.

2. Unter Sklavenhändlern

Endlich kam der Tag, da sie an einem Fluß haltmachten. Waren sie Tage, Wochen oder gar Monate unterwegs gewesen? Kibi wußte es nicht.

»So, da wären wir!« sagte der Führer.

Auf einer Lichtung am Fluß fielen sie erschöpft zu Boden. Kibi versuchte herauszubekommen, ob seine Eltern noch lebten. Aber er durfte seinen Platz nicht verlassen. Er blickte umher. In seiner Nähe saßen nur Männer, aber nirgendwo konnte er seinen Vater entdekken. Ein Stück entfernt waren die Frauen und Kinder. Leider versperrten ihm einige Pflanzen den Blick dorthin.

Die Tage vergingen. Jeden Morgen bekamen sie gut zu essen und zu trinken. Man wollte ja, daß sie gesund aussahen, wenn man sie verkaufte. Niemand bezahlte viel für schlecht aussehende Sklaven.

Eines Morgens hieß es auf einmal: »Los! Aufstehen!« Dann ging es ein Stück durch den Urwald, am Ufer des Flusses entlang.

Nun sah Kibi zum ersten Mal in seinem Leben das Meer. Er traute seinen Augen nicht. Wo er auch hinsah, überall war Wasser.

»Den da, den da und die fünf dort!«

Kibi blickte erschrocken zu dem Mann, der diese Worte gesprochen hatte. Eine große, häßliche Narbe entstellte sein Gesicht. Er stand in einem kleinen Boot, ganz in der Nähe des Ufers. Er war Portugiese. Neben ihm knieten Männer mit Gewehren in der Hand. Sie wußten, daß den schwarzen Sklavenhändlern nicht zu trauen war. Die Männer hatten eine helle Haut und dichte, verfilzte Bärte. Noch nie hatte Kibi einen Weißen gesehen. Was wollten diese Wesen von ihnen? Waren es überhaupt Menschen?

Er und sechs andere wurden in die Eingeborenenboote, die Kanots, geladen, zu dem Boot hinübergefahren und dort an Bord gezogen. Sie mußten sich setzen. Nachdem die Sklavenhändler ihre Waren eingetauscht hatten, sah Kibi, wie die anderen Sklaven wieder in den Urwald zurückgetrieben wurden.

Da! Plötzlich erkannte er seine Mutter. Kibi wollte schreien, bekam aber vor Angst kein Wort heraus. Das Boot fuhr auf die offene See, blieb aber immer in der Nähe der Küste.

Am Nachmittag sah Kibi ein zweites Boot. Sollten sie wieder umgeladen werden? Er hörte, wie der Mann mit der Narbe ärgerlich herumbrüllte. Kibi konnte nichts davon verstehen, denn er sprach portugiesisch. Das zweite Schiff kam etwas naher, aber ihr Boot versuchte auf Abstand zu bleiben.

Was soll das? fragte er sich. Kibi konnte nicht wissen, daß das zweite Boot ein holländisches war. Die Flagge kennzeichnete es eindeutig.

Nach einem Krieg zwischen Spanien und Holland war im Friedensvertrag folgendes festgelegt worden:

Kein spanisches oder portugiesisches Schiff (Portugal gehörte damals zu Spanien) durfte hier an der Küste Handel treiben, bevor es nicht im Seehafen St. George angelegt und für alle seine Handelswaren zehn Prozent bezahlt hatte.

Und genau das hatte der Portugiese nicht getan.

Er wußte, wenn der Holländer ihn erreichte, hatte dieser das Recht, die gesamte Ware und das Boot zu beschlagnahmen.

Die Jagd dauerte den ganzen restlichen Tag. Als es dunkel wurde, versuchte Kibi zu schlafen.

Was dies alles bedeutete, verstand er nicht. Aber daß ihr Boot vor dem anderen floh, hatte er wohl gemerkt. Der Holländer war am nächsten Morgen zum Schrecken des Portugiesen nur ein kleines Stück von diesem entfernt. Weitere Fluchtversuche waren sinnlos.

Mit knirschenden Zähnen gaben sich die Portugiesen geschlagen, und das holländische Boot übernahm die gesamte Ladung. Dazu gehörten natürlich auch die Sklaven.

Kibi begriff überhaupt nichts mehr. Kam nun das Ende? Wollten die weißen Wesen sie schlachten und auffressen? Er zitterte vor Angst am ganzen Körper.

Die Fahrt ging im holländischen Boot weiter. Die Seemänner waren guter Laune, hatten sie doch immerhin auf leichte Art viel Beute bekommen. Jeder der Sklaven bekam etwas zu trinken. Kibi hatte auch Hunger. Scheinbar verstanden ihn die Matrosen, als er versuchte, ihnen das klar zu machen, aber sie schüttelten die Köpfe.

Ihr Boot gehörte zu einem holländischen Sklavenschiff, das an der Küste kreuzte, um Sklaven, Gold und Elfenbein von den Schwarzen einzutauschen.

Durch die Jagd auf den Portugiesen hatten sie sich sehr weit von ihrem Schiff entfernt und ihre Vorräte waren darauf nicht eingerichtet gewesen.

Da sie selbst nicht hungern wollten, mußten dies wohl die Sklaven tun.

Mehrere Tage versuchten sie nun schon, zum Sklavenschiff zurückzukommen. Der Steuermann, der das Boot befehligte, wurde langsam unruhig. Das Wasserfaß war leer. Man konnte nicht einfach am Ufer anlegen und Wasser suchen, denn dort hielten sich vielleicht Neger versteckt.

Diese würden das Boot sofort überfallen, um an die Waren zu gelangen. So mußte man warten, bis Schwarze am Ufer auftauchten, um diesen dann Wasser abzukaufen. Aber kein Mensch war dort zu sehen.

Ein Tag verging, noch ein zweiter, und die Matrosen begannen das salzige Meerwasser zu trinken. Dadurch wurde der Durst nur noch schlimmer. Auch die Sklaven, die immer noch hungern mußten, bekamen nur Salzwasser.

Der Durst war schon längst unerträglich geworden, als sie am Abend des dritten Tages endlich das holländische Sklavenschiff erreichten.

Kibi war vor Hunger und Durst ganz schwarz vor Augen. Er wurde bewußtlos und merkte nicht, wie sie an Bord gezogen und die Fesseln gelöst wurden. Erst als er einen Augenblick erwachte und man ihm zu trinken gab, ging es ihm für einige Momente etwas besser.

Doch dann verließen ihn die Kräfte wieder. Die Strapazen der letzten Tage waren zuviel gewesen.

Mit den anderen Sklaven wurde er in einen Bretterverschlag unter Deck gebracht. Durch ein Loch, etwa so groß, daß zwei Männer auf einmal hineinkriechen konnten, kamen sie über eine Leiter in ihr Gefängnis.

Kibi, der noch immer ohne Besinnung war, mußte von zwei Männern hineingetragen werden. Dort saßen schon viele andere.

Die Frauen und Kinder waren auch in solch einem Verschlag untergebracht, den dicke Bretter von dem der Männer trennten.

Es war so eng, daß sie zusammengepfercht auf dem Boden sitzen mußten.

Am nächsten Morgen durften sie ihr Gefängnis verlassen und wurden an Deck gebracht. Da es Kibi noch nicht besser ging, blieb er unter Deck.

So konnte er das Feuer am Ufer nicht sehen, das einige Neger anzündeten, um dem Sklavenschiff dadurch zu zeigen, daß sie Waren hatten und es vor Anker gehen sollte.

Früh am Morgen des nächsten Tages, als die See ruhiger war, kamen die Kanots wieder und brachten die Sklaven, Elfenbein und auch etwas Goldstaub an Bord. Dieses Gold hatten sie in tagelanger Arbeit aus dem Sand herausgewaschen.

Lange wurde um die Preise gefeilscht.

Mit lautem Geschrei umkreisten viele Kanots das Schiff, denn nur einige Neger wurden an Bord gelassen. Man wollte sichergehen.

Die neuen Sklaven standen zitternd an Deck. Ein weißer Mann ließ ihre Fesseln lösen und sah sie sich ganz genau an. Es war der Schiffsarzt. Er hatte ein entscheidendes Wörtchen beim Preis mitzureden.

War ein Sklave krank oder verkrüppelt, so wurde nicht viel für ihn bezahlt.

Kaum verließen die schwarzen Sklavenhändler das

Schiff, da bekamen die Männer Ketten an Hände und Füße. Die Frauen und Kinder blieben von dieser Quälerei verschont.

Jedem Sklaven gab der Schiffsarzt von einer trüben, bitteren Flüssigkeit zu trinken. Wer sie ausspuckte, machte mit der Peitsche des Steuermanns Bekanntschaft. Wenig später begannen die Sklaven zu würgen und erbrachen sich.

Hatte man sie vergiftet? Nein, es war nur ein Brechmittel. Dieses sollte helfen, die Gesundheit der Sklaven zu schützen. Ob es wohl etwas nützte?

Kibi bekam von all dem nichts mit. Er lag unter Deck, hatte die Augen weit geöffnet und überlegte, wo er sich befand und woher die Ketten an seinen Händen und Füßen kamen.

Endlich dämmerte es ihm. Er war auf dem großen Schiff, das er noch gesehen hatte, ehe er bewußtlos wurde.

Nachdem er etwas getrunken hatte, fühlte er sich schon viel besser.

Inzwischen war es Abend geworden. An die 400 Menschen hatte das Schiff geladen. Nun sollte die Fahrt über den Atlantischen Ozean nach Amerika beginnen. Das war zur damaligen Zeit ein gewagtes Unternehmen.

3. Nsnawams Geheimnis

Kibi saß zitternd und weinend auf dem Bretterboden. Alles war so fremd und unbekannt für ihn. Da erblickte er Nsnawam.

Nsnawam lebte und war auf dasselbe Schiff gekommen wie er. Eine blutverkrustete Wunde am Kopf des alten Mannes wies noch auf den Schlag hin, den er am ersten Abend bekommen hatte.

Ein Gedanke durchfuhr Kibi. Wenn Nsnawam doch

wieder singen würde. Aber Nsnawam schwieg. Durfte Kibi etwas zu ihm sagen? Er war doch einer der Jüngsten unter all diesen Männern.

Er nahm das letzte bißchen Mut zusammen und rief über die Köpfe der erstaunten Gefangenen hinweg: »Nsnawam, sing doch bitte!«

Eigentlich wollte Kibi noch mehr sagen, aber plötzlich hatte er alles vergessen. Seine Leidensgenossen schauten ihn mit großen, fragenden Augen an. Wem war es denn jetzt nach Singen zumute? War dieser Junge verrückt geworden?

Nsnawam blickte auch zu Kibi. Sofort erkannte er den Sohn seines Nachbarn aus Lawra. Auch andere Männer aus Kibis Heimat waren an Bord. Was war denn in den Jungen gefahren? dachten sie. Doch Nsnawams Gedanken waren andere.

Jetzt singen? Die Wunde an seinem Kopf war noch nicht verheilt. Wie würden die fremden, weißen Männer mit ihm umgehen? Würden sie ihn schlagen? Auf einmal öffnete er seinen Mund und begann leise, zaghaft ein Lied.

Große Augen starrten ihn verwundert an. Der Wachmatrose vor dem Holzverhau musterte ihn mißtrauisch, aber er schwieg.

So wagte es Nsnawam, das zweite Lied lauter und kräftiger anzustimmen.

Kibi lauschte aufmerksam. Wieder sang Nsnawam von diesem fremden Mann.

»Er wird die Trauernden trösten
und die Gefangenen befrein.
Dann wird niemand mehr weinen,
nur große Freude wird sein.«

Wer war dieser Mann, von dem Nsnawam sang? Doch Kibi wagte nicht, diese Frage zu stellen. Nachdem Nsnawam sein Lied beendet hatte, war alles ganz still.

Kibi beobachtete, wie Nsnawam die Augen schloß.

Über den Gesichtszügen des alten Mannes lag eine tiefe Ruhe. Kibi sah, wie sich seine Lippen etwas bewegten, als würde er mit jemandem sprechen. Aber Kibi hörte nichts.

Dann öffnete Nsnawam die Augen und schaute ruhig umher. Ein eigenartiger Glanz lag auf seinem Gesicht. Langsam öffnete er seinen Mund und begann:

»Brüder, eigentlich wollte ich aus Angst vor den Aufsehern schweigen. Aber Kibi bat mich zu singen, und nun weiß ich, daß ich euch auch noch etwas erzählen muß.«

Kibi wurde unruhig. Was war wohl das Geheimnis Nsnawams? Würde er jetzt erfahren, warum dieser sein Heimatdorf verlassen hatte?

»Wie einige von euch wissen«, sagte Nsnawam, »stamme ich aus einem Dorf an der Goldküste. Nachdem meine Eltern gestorben waren, verließ ich mein Dorf und ging in den Urwald. Dies hatte seinen Grund.

In Lawra, dem Ort, wo ich mich niederließ, habe ich es nie gewagt, davon zu erzählen. Ich wagte nur, durch meine Lieder etwas davon anzudeuten. Aber ich glaube, nun ist es Zeit.

Ich bin ein alter Mann, aber ein kranker Junge mußte mir zeigen, daß ich nicht schweigen darf«, fügte er hinzu. Dabei blickte er zu Kibi hinüber.

Nsnawam holte tief Luft und begann von neuem: »In mein Heimatdorf kam eines Tages ein Mann. Er war ein Schwarzer wie wir. Nichts Außergewöhnliches konnte ich an seinem Äußeren erkennen, nur seine Augen waren anders. Diese waren ruhig, und man erblickte nicht die Angst darin, die wir alle im Dorf vor den bösen Geistern hatten.

Der Fremde sprach mit dem Häuptling und ließ eine große Versammlung für den Abend bekanntgeben. Auch ich ging hin.

Wir saßen um das große Feuer versammelt. Da stand

der Fremde auf und begann von einem Herrn über alle Geister zu erzählen, den er Gott nannte. Er berichtete uns davon, daß der Sohn Gottes – Jesus Christus – auf die Erde gekommen sei. Er wurde ein Mensch wie wir. Kranke wurden geheilt, sogar Tote von ihm auferweckt, und dem Volk erzählte er die Botschaft Gottes. Dann töteten die Leute ihn. Aber Jesus Christus wurde nach drei Tagen wieder lebendig. Er besiegte den Tod. Durch sein Sterben trug er die Strafe, die wir Menschen verdient haben, weil wir Gott nicht gehorsam waren und ihm nicht dienten.

›Nun muß keiner mehr vor den bösen Geistern Angst haben. Jesus ist mächtiger!‹ rief der Fremde. ›Jeder, der ihn als Herrn seines Lebens anerkennt und um Vergebung seiner Schuld bittet, wird nicht mehr von Gott bestraft.‹

Es wurde spät, ehe wir in unsere Hütten gingen«, berichtete Nsnawam weiter. »Lange schlief ich nicht ein. Hatte dieser Fremde recht? Ich fand keine Ruhe. Endlich fiel ich in einen unruhigen Schlaf.

Im Traum sah ich den Fremden, wie er auf mich deutete und sagte: ›Weil du Gott nicht gehorcht und ihm nicht gedient hast, wird er dich bestrafen. Aber Jesus starb für dich. Er trug die Strafe, die du verdient hast. Wenn du ihn als Herrn anerkennst und ihm gehorchen und dienen willst, wird er dir alle deine Schuld vergeben.‹

Ich erwachte. Mein ganzer Körper war in Schweiß gebadet. Gab es diesen fremden Gott wirklich? War er tatsächlich mächtiger als alle Geister? Ich konnte kaum wieder einschlafen.«

Kibi lauschte atemlos, während Nsnawam weiter erzählte: »Am nächsten Morgen ging ich zu dem Fremden und fragte ihn, wie man mit diesem Herrn über alle Geister in Verbindung treten könne. Er antwortete mir: ›Du mußt nur mit Gott sprechen.‹

›Muß man ihn denn nicht durch irgendeinen Zauber beschwören‹, fragte ich.

›Nein, er ist überall und deshalb hört er dich immer, wenn du mit ihm redest.‹

Ich ging in meine Hütte. Wenn das stimmte, dann wollte ich es versuchen. Ich fiel auf den Boden, senkte meinen Kopf zur Erde und schloß die Augen. Aber vor Furcht brachte ich kein Wort heraus. Solch ein mächtiger Herr über alle Geister sollte auf mich hören? Ich stand wieder auf und ging in den Urwald, um zu jagen.

Doch meine Gedanken waren die ganze Zeit bei dem, was ich gehört hatte. Konnte es solch einen Herrn über alle Geister geben, den der Fremde Gott nannte? Warum hatte dieser Gott seinen Sohn als Opfer für uns Menschen, auch für mich, Nsnawam gegeben?

Stimmte das alles überhaupt? Sollte ich es glauben?« Die Männer saßen im halbdunklen Licht der Laterne und vergaßen fast, daß sie als Sklaven auf dem Schiff waren. In ihren Gedanken begleiteten sie Nsnawam in sein Dorf, sahen diesen fremden Mann vor sich, erblickten seine frohen Augen und hörten seine Worte. Sie gingen mit Nsnawam in den Urwald und erlebten alle seine Gedanken selbst mit.

»Dann kehrte ich ins Dorf zurück«, berichtete Nsnawam weiter. »Ich ging in meine Hütte, setzte mich nieder und dachte nach.

Mein Vater, mein Großvater und dessen Vater, ja alle meine Ahnen hatten den Geistern gedient. Ich sollte nun auf einmal einem neuen Herrn dienen?

Aber wenn es stimmte, daß er der Herr aller Geister war? Es gab so vieles, was ich nicht verstand.

Am Abend war der Fremde wieder am großen Feuer und sprach über den Sohn Gottes – Jesus Christus. Er hatte das ›Buch Gottes‹, die Bibel, in der Hand, in dem seltsame Zeichen standen. Dieses Buch hob er empor und begann daraus zu erzählen.«

Kibi überlegte: Ein Buch, was war das? Aber schon fuhr Nsnawam fort:

»Der Fremde sprach von einem bedeutenden Mann, fast so mächtig wie ein Häuptling. Der kam eines Nachts zu Jesus. Und dann sagte Jesus zu diesem Mann einen Satz, den ich seitdem nicht mehr vergessen konnte:

Gott hat die ganze Welt, dich und mich, so lieb, daß er seinen Sohn gab; und jeder, der ihm gehört, wird nicht bestraft werden, sondern für immer leben.

Für immer leben, nicht bestraft werden – und das alles, weil der fremde Gott mich liebte?

Die Männer gingen in ihre Hütten und ich bat den Fremden, noch kurz zu mir zu kommen.

Ich erzählte ihm, daß ich versucht hatte, mit dem mir unbekannten Gott in Kontakt zu kommen, aber nicht die rechten Worte fand. Daraufhin sagte er zu mir:

›Gut, dann reden wir jetzt zusammen mit ihm.‹

Dann ging er auf seine Knie, erhob den Kopf und schloß die Augen. Ich machte es ihm nach. Nun hörte ich seine Worte:

›Vater, du siehst Nsnawam. Er hat Angst vor dir, weil er dich nicht kennt. Aber du hast ihn lieb. Du möchtest, daß er dir dient. Bitte schenke ihm den Mut, sich dir zu übergeben.

Sprich du jetzt‹, sagte er zu mir.

Ich senkte den Kopf und zitterte am ganzen Körper. Dann öffnete ich den Mund, aber es kam kein Wort heraus. Minuten vergingen und endlich stammelte ich: ›Herr über alle Geister, hier ist Nsnawam. Bitte hilf mir.‹ Damit war ich am Ende und fiel erschöpft zu Boden. Der Fremde schaute mich an und sagte: ›Nsnawam, er hilft dir, denn er hat es versprochen.‹ Mit großen Augen starrte ich ihn an. ›Gute Nacht, Nsnawam‹, sprach er und ging aus der Hütte. Ich war allein. Wieder kniete ich mich hin und begann zu sprechen: ›Herr über alle Geister . . .‹ Ich suchte nach den richtigen Worten, und endlich sagte ich: ›Ich will dir gehören. Sei mein Herr. Ich will dir gehorchen und dienen.‹ Die Angst verschwand. Vor Freude konnte ich fast nicht einschlafen.

Am nächsten Morgen erzählte ich sofort dem Fremden von diesem Erlebnis. Er erklärte mir, daß mich Gott als sein Kind angenommen habe, daß ich nun Vater zu ihm sagen könne, und er sich immer um mich kümmern würde.

Abends erzählte er auch weiterhin von Jesus, und einige Tage später verließ der Fremde unser Dorf.

Zum Abschied sagte er mir, daß ich nun den Menschen von Gott und seinem Sohn Jesus Christus erzählen sollte. Jeden Abend, wenn er gesprochen hatte, war ich ein aufmerksamer Zuhörer gewesen; und so wußte ich einiges über den fremden Gott, der mir nicht mehr fremd, sondern jetzt mein Vater war. Später schickte mich Gott nach Lawra.«

Nsnawam machte eine Pause. Mit großen Augen blickten ihn die Männer an. Sie spürten, daß er von dem, was er sagte, völlig überzeugt war. Sollte er recht haben?

»Wir wollen jetzt mit Jesus sprechen«, meinte Nsnawam und schloß die Augen. Alle Männer taten es ihm gleich. Kibi zitterte etwas, während er die ruhige Stimme Nsnawams hörte:

»Vater, lange habe ich geschwiegen. Vergib mir. Aber heute abend hast du mich reden lassen. Du kennst uns. Wir haben Angst und wissen nicht, was werden soll. Ich bitte dich, hilf uns!«

Kibi wagte lange nicht, die Augen zu öffnen. Als er es endlich tat, sah er den freundlichen Blick Nsnawams auf sich gerichtet.

4. Im Fieberwahn

Am nächsten Morgen ging es Kibi schon viel besser, und er durfte mit den anderen das enge, stickige Gefängnis verlassen. Sie kamen an die frische Luft auf das Schiffsdeck.

Hier blieben sie auch von den Frauen und Kindern getrennt. Sie konnten sich zwar nicht sehen, aber wenigstens hören. So erfuhr er, daß seine Mutter und seine Geschwister nicht mit auf dem Schiff waren.

Sie teilten sich in Gruppen zu jeweils zehn Sklaven. Eiserne Nägel mit breitem Kopf zeigten die Stellen an, wo sie Platz nehmen sollten.

Gegen zehn Uhr machte bei jeder Gruppe ein Eimer mit Gerstengraupen die Runde. Die Grütze war mit Salz, Pfeffer und etwas Palmöl durchgerührt worden. Aber keiner begann zu essen, ehe nicht das Signal dazu gegeben wurde.

Ein Matrose schlug auf ein Brett, und bei jedem Schlag erklang ein lautes: »Schuckla! Schuckla! Schuckla!« Der dritte Ruf wurde durch ein kräftiges »Hurra« der Sklaven erwidert, und nun holte sich jeder eine Handvoll aus dem Eimer.

Zuerst ging es dabei ziemlich friedlich zu, aber bald begann der Streit um den verbliebenen Rest des Essens. Danach mußten sie ungefähr zwei Stunden lang das Deck schrubben, wobei ihnen immer wieder Seewasser über die Köpfe gegossen wurde. Diese Übung hatte den Sinn, die Sklaven bei guter Gesundheit zu erhalten. Danach durften sie sich mit Süßwasser waschen, da das salzige Meerwasser sonst der Haut geschadet hätte. Dann wurde durch Spiele, Witze und ähnliches versucht, die Sklaven abzulenken, damit sie nicht ihren Gedanken nachhängen sollten.

Um drei Uhr bekamen sie einen dicken Bohnenbrei, und danach wurde getanzt. Dies alles sollte dazu dienen, daß die Sklaven gesund und munter blieben. Gegen fünf Uhr wurde Wasser zum Trinken ausgegeben, und dann ging es unter Deck zum Schlafen.

Hier angekommen, sollte Nsnawam erneut singen und erzählen.

Kibi fühlte sich wieder schlechter, und am nächsten Morgen konnte er nicht aufstehen. Mit fiebrigen Augen schaute er den Matrosen an, der die letzte Wache vor ihrem Gefängnis hielt. Sobald die meisten Sklaven gegangen waren und etwas Platz wurde, fiel er zu Boden und blieb liegen. Hart schlugen seine Ketten auf den Brettern auf.

Nsnawam schaute ihn noch kurz an, bevor er weggeführt wurde.

»Kibi, was ist?«

»Ein böser Geist ist in mich gefahren«, meinte Kibi.

Der Matrose holte den Steuermann, der die Sprache der Neger etwas verstand und den Kibi schon vom Boot her kannte.

»Was ist los?« fragte dieser.

»Kibi ist krank«, antwortete Nsnawam.

Der Schiffsarzt kam, denn man wollte die Sklaven möglichst vollzählig verkaufen.

Kibi wurde umständlich untersucht und bekam dann ein eigenartig schmeckendes Pulver. In der Zwischenzeit gingen die letzten Sklaven an Deck. Der Tag verlief wie immer, und am Abend kamen sie wieder zurück.

Kibi lag noch immer auf dem Boden. Schweiß bedeckte seinen Körper, und dann zitterte er wieder vor plötzlicher Kälte. Während Nsnawam erzählte und sang, blickte er ihn besorgt an. Aber Kibi war bewußtlos und bemerkte nichts von dem, was um ihn herum geschah.

Am nächsten Morgen hatten schon mehrere Sklaven Fieber. Der Steuermann betrachtete sie ärgerlich. »Mist«, sagte er, »sie waren so teuer.«

Es war bestimmt gut, daß er holländisch sprach und die Sklaven ihn nicht verstehen konnten.

Nachdem Nsnawam am Abend gesungen und erzählt hatte, blieb er noch lange wach. Er saß neben Kibi und schaute in dessen blasses Gesicht. Im Fieber schrie Kibi immer wieder auf. Man konnte aber nichts verstehen.

»Vater«, sagte Nsnawam leise, »diesen Jungen hast du gebraucht, damit ich den Mut fand, meinen Leidensgenossen von dir zu erzählen. Bitte laß ihn am Leben.« Dann begann er still zu weinen.

»Vater, Kibi darf nicht sterben. Er gehört dir noch nicht und wird für immer verloren sein.«

Nsnawams altes, zerfurchtes Gesicht, über das die Tränen liefen, blickte nach oben.

»Vater, ich will dir dienen. Aber ich bin ein alter Mann.« Nur zögernd fanden diese Gedanken in seinem Herzen Raum.

»Bald werde ich sterben und dann für immer bei dir sein«, betete er weiter.

»Eine Bitte habe ich: Nicht, daß du mich befreist, auch nicht, daß du mir ein langes Leben schenkst, nein, sondern daß du Kibi leben läßt, damit er dir gehört und meinen Platz einnimmt, wenn ich nicht mehr bin. Ich will ihm viel von dir erzählen. Bitte, Vater!«

Nsnawams Augen schlossen sich, sein Herz wurde ruhiger. Ihm fiel die Geschichte von dem Propheten Elia ein, der seinem Nachfolger Elisa den Mantel überwarf und der dann seine Aufgabe fortsetzte.

Der Fremde in Nsnawams Dorf hatte ihm zum Abschied diese Geschichte erzählt. Damals war Nsnawam der Nachfolger gewesen. Und heute?

In dieser Nacht schlief Nsnawam nicht. Er spürte, daß etwas anderes zu tun war. Immer wieder betete er: »Vater, bitte laß Kibi doch leben und gebrauche ihn.«

Lange Zeit hatte er aus Angst geschwiegen. Ganz neu

dachte er an diese Schuld. Er war Gott ungehorsam gewesen.

Erst gegen Morgen wurde er so ruhig, daß er sich die Tränen abwischte und leise sagte:

»Danke, Vater. Du hast mir vergeben. Du machst auch mit Kibi alles richtig.«

Kibi und zwanzig andere Männer blieben zurück, als Nsnawam am Morgen mit den Sklaven auf das Deck geführt wurde.

»Ich möchte nichts essen«, sagte er.

Der Steuermann war wütend.

»Was soll das? He? Willst du auch krank werden?«

Nsnawam schaute ihn fragend an, denn vor Aufregung hatte er holländisch gesprochen und Nsnawam hatte kein Wort verstanden.

»Essen! Los!« zischte er nun in der Eingeborenensprache.

»Nein!« sagte Nsnawam leise, aber bestimmt.

Schon holte der Steuermann mit der Peitsche aus. Nsnawam blickte ihm ruhig in die Augen. Was war das für ein Blick?

Langsam sank die Hand mit der Peitsche nach unten. »Sklavenpack!« murmelte der Steuermann ärgerlich.

Bis zum Abend waren drei Sklaven gestorben, und auch den anderen hatte das Pulver des Arztes nicht geholfen. Es stand immer schlechter um sie.

Kibis Körper war zusammengefallen, seine Augen starrten teilnahmslos nach oben.

Er murmelte etwas, aber niemand verstand, was er sagte. Wie immer sang und sprach Nsnawam für die Gefangenen und betete dann. Diesmal spürte er, daß es Zeit war, noch mehr zu sagen.

»Brüder«, begann er nochmals, »ich habe euch viel von Gottes Sohn, Jesus Christus, erzählt. Wer von euch will ihm gehören?«

Es war still, wie immer.

Aber nun wagte kaum jemand zu atmen. Dem Glauben der Väter absagen und zu diesem fremden Gott reden?

Mancher hatte schon daran gedacht, es überlegt – so, wie Nsnawam es auch einmal getan hatte. Mancher hatte gespürt, daß er sein Leben diesem Herrn ausliefern sollte. Aber noch keiner von ihnen hatte es gewagt.

»Vater«, betete Nsnawam, »ich weiß nicht, wer von uns wieder lebend ein Land sehen wird. Schon lange sind wir auf diesem schwankenden Schiff. Aber du bist auch hier bei uns. Du liebst uns. Bitte schenke vielen von uns den Mut mit dir zu reden und das Leben dir zu übergeben.«

Nsnawam schwieg und blickte von einem Gesicht zum andern. Einige wagten es, mit dem für sie noch fremden Gott zu sprechen. Er sah, wie sich ihre Lippen bewegten.

Still dankte er, daß Gott zu diesen Menschen gesprochen hatte.

Kibi atmete am nächsten Morgen kaum mehr. Sein Gesicht wirkte grau. Während Nsnawam das Gefängnis verließ, hatte er kaum noch Hoffnung, ihn am Abend lebend wiederzusehen.

5. Der Schiffsjunge

»Na also«, sagte der Steuermann. Er sah, wie Nsnawam gerade in den Eimer faßte und seine Portion herausholte.

Nsnawam lächelte ihn nur kurz an und schwieg. Wie sollte er ihm auch klarmachen, daß er gestern nicht essen wollte, weil . . . er konnte es nicht in Worte fassen, aber es war wegen Kibi.

Heute hatte er zwar auch keinen Hunger, wenn er daran dachte, daß Kibi im Sterben lag. Aber er mußte essen, um bei Kräften zu bleiben. Er hatte noch eine

Aufgabe. Kibi mußte Gottes Wort von ihm erzählt bekommen. Kibi? Und wenn er schon tot war?

Gegen Abend zogen dunkle Wolken am Himmel auf. Nsnawam bemerkte die besorgten Gesichter der Matrosen. Kaum waren die Sklaven unter Deck, da begann der Sturm zu toben.

Kibi war noch immer bewußtlos, und es sah so aus, daß er die Nacht nicht überleben würde.

Nsnawam legte seine Hände auf ihn und betete:

»Vater, du allein kannst helfen!« Mehr brachte er nicht heraus.

Die ganze Nacht über wütete der Sturm. Die Sklaven fanden keinen Schlaf. Immer wieder mußte Nsnawam ein Lied anstimmen oder die Geschichte erzählen, die davon berichtet, wie die Jünger Jesu auf dem See Genezareth waren.

Dort tobte auch ein Sturm, und das Schiff begann bereits zu sinken. Jesus schlief hinten im Boot. Sooft Nsnawam auch diese Geschichte erzählte, an dieser Stelle waren immer wieder erstaunte Ausrufe zu hören.

»Dann weckten die Jünger Jesus«, erzählte Nsnawam. »Jesus stand auf und befahl dem Sturm und den Wellen zu schweigen. Augenblicklich wurde es ruhig. Die Jünger fragten daraufhin: ›Was ist das für ein Mensch, daß ihm Wind und Meer gehorchen?‹«

Der Sturm tobte weiter um das Sklavenschiff. Die meisten Sklaven wurden seekrank. Dies war bei dem hohen Seegang und der großen Angst kein Wunder.

Als es Morgen wurde, wütete der Sturm immer noch. Dunkle, unheilverkündende Wolken standen am Himmel. In der Nacht waren wieder einige Sklaven am Fieber gestorben, aber niemand hatte Zeit, die Toten aus dem Gefängnis herauszuholen.

Erst am Nachmittag wurde es ruhiger. Kibi öffnete die Augen. Lange blickte er starr zu Nsnawam und flüsterte dann: »Durst, Durst!«

Nsnawam bat den Matrosen um Wasser, aber dieser verstand ihn ja nicht.

»Durst, Durst!« wimmerte Kibi.

Wenn jetzt der Steuermann käme, dachte Nsnawam. Doch dieser war noch an Deck, das wußte er. Dort hatte der Sturm viel Unheil angerichtet.

Nsnawam betete: »Vater, bitte schenke doch Wasser für Kibi.«

»Durst, Durst!« hörte er ihn wieder klagen.

Nsnawam traute seinen Ohren nicht, als er sich selbst sagen hörte:

»Gleich mein Junge. Gleich kommt der Steuermann, und ich kann ihn um Wasser bitten.«

Tatsächlich! Der Steuermann lief soeben an dem Wachmatrosen vorbei.

»Herr«, rief Nsnawam, »der kranke Junge ist aufgewacht und hat Durst.«

»Sklavenpack«, erwiderte der Steuermann, »der wird sowieso sterben. Laß mich damit in Ruhe. Ich habe Wichtigeres zu tun.«

Herr Jesus, hilf! dachte Nsnawam.

Plötzlich rief der schon vorübergegangene Steuermann einen Matrosen.

»Bring denen dort Wasser!« befahl er.

Kaum hatte Kibi etwas getrunken, fragte Nsnawam: »Wie fühlst du dich, Kibi?«

»Das Wasser war gut.« Dabei schaute er ihn dankbar an.

Dann schloß er die Augen und wurde wiederum bewußtlos.

»Kibi, wach auf!«

Erst gegen Nachmittag fanden die Matrosen Zeit, die Sklaven zu versorgen.

Wie immer herrschte große Unruhe, zumal jetzt auch noch in den engen Gefängnissen gegessen wurde. Nur die Peitsche konnte Ruhe schaffen, denn alle waren nach den angstvollen Stunden sehr hungrig.

»Was erzählst du eigentlich immer, Nsnawam?« fragte der Steuermann kurz nach der Nahrungsausgabe.

»Ich erzähle von Jesus.«

»Jesus??? Ha! Du Heide!«

Und im Weggehen murmelte er wieder sein »Sklavenpack!«.

Kaum war er an Deck, da mußte diese Neuigkeit gleich weitererzählt werden.

»Da unten, bei den Sklaven, bei diesen Heiden, da scheint sich einer als Prediger berufen zu fühlen. Er erzählt von Jesus, sagte er. Ha! Wartet nur ab, bald wird er alle Sklaven mit seinem scheinbar so frommen Geschwätz gegen uns empören.«

»Soll ich lauschen, was dieser Neger erzählt?« fragte John, einer der Schiffsjungen.

»Verstehst du denn ihre Sprache?« wollte der Steuermann wissen.

»Ja, mein Vater war lange Zeit als Soldat an der Goldküste und hat meinem Bruder und mir die Sprache etwas beigebracht.«

»Gut, dann paß nur auf«, meinte der Steuermann und verzog sich lachend in seine Kajüte.

So kam es, daß John nun jeden Abend bei den Sklaven war und auf alles hörte, was Nsnawam sprach.

Von einer Verschwörung konnte der englische Junge aber nichts bemerken. Die Geschichten, die Nsnawam erzählte, kamen ihm statt dessen bekannt vor. Seine Mutter hatte ihm diese Begebenheiten aus dem Leben Jesu erzählt. Das war schon einige Jahre her, aber als er nun zuhörte, fielen sie ihm wieder ein.

Trotz seiner geringen Sprachkenntnisse konnte er so verstehen, was Nsnawam sagte. Von Tag zu Tag lernte er die Sprache besser. Wenn er etwas nicht verstand, dann fragte er Nsnawam danach, und dieser erklärte es ihm gern.

John sah nun öfters am Tag nach Kibi. Der Schiffsjunge war nur drei Jahre älter und hatte Mitleid mit ihm, obwohl er nur ein Sklave war.

Kibi ging es etwas besser. Ab und zu erwachte er und hatte dann meistens Durst. Manchmal dauerte es lange, ehe John gerade vorbeikam und ihm zu trinken gab. Er hatte ja eigentlich andere Aufgaben.

Endlich bat Kibi auch um Nahrung, und John gab ihm von seiner eigenen Portion ab.

Kibi wurde bald wieder ganz gesund. Er mochte den weißen Jungen mit den blauen Augen und dem blonden Haar. Zwischen beiden entstand eine enge Freundschaft.

Abends lauschten sie gemeinsam den Liedern und Worten Nsnawams.

Immer mehr Sklaven wagten es, Jesus als ihren Herrn anzunehmen.

Bei all den Liedern und Geschichten, die Nsnawam kannte, war es ein Lied, das er immer wieder singen mußte:

»Er wird die Trauernden trösten
und die Gefangenen befrein.
Dann wird niemand mehr weinen,
nur große Freude wird sein.«

Mancher sang dieses Lied freudig mit.

Nsnawam betonte öfters, daß es vor allem auf eine innere Befreiung ankam. Sie sollten, wenn es sein mußte, auch als Sklaven still und freundlich ihre Arbeit tun. »So gefällt es Gott«, machte er ihnen klar.

Dies heißt aber nicht, daß Nsnawam zu Dingen, die Unrecht waren, schwieg. Im Gegenteil – er war es, der dagegen auftrat.

Zum Beispiel wagte er es einmal, dem Steuermann dessen ungerechte Behandlung einiger Sklaven vorzuwerfen. Ein andermal trat er für einige schwache Männer ein, die mehr Nahrung brauchten.

Lange schon bewunderte Kibi die Ruhe, Entschlossenheit, den Mut und die Freundlichkeit Nsnawams.

War das die Kraft Gottes? Der Heilige Geist, wie Nsnawam sagte? Diesen gab Gott seinen Kindern, hatte Kibi erfahren. Er überlegte sich alles.

So sein wie Nsnawam, das wollte er gern. Aber dazu mußte er sich vom Geisterglauben seiner Urahnen trennen, das hatte er schon lange begriffen.

Seitdem er wieder gesund war, sah man ihn und Nsnawam fast immer zusammen.

Nsnawam erzählte und lehrte ihn alles über Gott, was er wissen mußte. Oft wiederholte er die Geschichten mehrmals, bis er sicher war, daß Kibi sie gut und genau kannte.

Gott hatte einen Teil seines Gebets erhört. Kibi war gesund geworden.

Gingen nun auch seine anderen Bitten in Erfüllung? Würde Kibi Jesus als seinen Herrn annehmen? Ihm allein dienen und gehorchen und später einmal an die Stelle Nsnawams treten?

Konnte er es überhaupt? Er war doch noch so jung. Nsnawam hatte auf alle diese Fragen nur eine Antwort: »Gott weiß es. Und ich tue, was ich tun kann. Ich muß Kibi alles sagen, was er wissen muß.«

6. Die Todespeitsche

Es war gegen Mitternacht. Kibi hockte eingepfercht zwischen den anderen Sklaven. Er konnte nicht einschlafen.

Nsnawam hatte ihm die Geschichte von Elia und Elisa erzählt. Gott hatte durch Elia den Elisa gerufen, und dieser war ihm gefolgt.

War dieser Ruf vielleicht auch für ihn?

Kibi dachte darüber nach: Gott ist der Herr aller Geister, hatte Nsnawam gesagt. Aus Liebe ließ er seinen Sohn Jesus Christus sterben, damit er keinen Menschen mehr bestrafen muß. Aber er zwingt niemanden. Jeder muß selbst entscheiden, ob er Jesus gehören will oder nicht. Jesus war nach seinem Tod wieder lebendig geworden – auferstanden – und immer unsichtbar da.

Wenn das stimmte!

»Jesus«, Kibi bewegte kaum die Lippen, »wenn du jetzt da bist und mich hörst, wenn du wirklich alle Macht hast, auch über die bösen Geister, dann will ich dir gehören. Vergib mir, daß ich dir so lange ungehorsam war.«

Die Laterne schwankte etwas, der Matrose stand vor dem Holzverschlag und hielt Wache – alles war wie sonst auch.

Aber Kibi wußte, daß er jetzt ein Kind Gottes war.

Er hatte nicht solch ein großes, freudiges Gefühl wie Nsnawam. Aber Jesus hatte versprochen, daß jeder, der ihn in sein Leben aufnimmt, ein Kind Gottes wird. Und Jesus lügt nicht, das wußte Kibi. Er konnte es nicht erklären, aber er wußte es einfach.

Der nächste Morgen begann wie immer. Bald fragte Nsnawam: »Was ist mit dir los, Kibi?«

»Wieso?« entgegnete Kibi.

»Irgend etwas ist mit dir. Ich weiß nicht was, aber ich merke, daß du so anders bist als sonst.«

Kibi senkte den Kopf, und leise, fast unhörbar, verriet er sein Geheimnis.

»Letzte Nacht habe ich Jesus als Herrn aufgenommen. Nun bin ich ein Kind Gottes.«

Mit großen Augen blickte Nsnawam ihn an. Seine Lippen zitterten, über seine Wangen liefen Tränen der Freude. So gut es mit den Ketten an den Händen ging, nahm er Kibi in seine Arme. Still dankte er Gott.

Die Fahrt über den Atlantischen Ozean schien kein Ende zu nehmen. Tagein, tagaus – immer dasselbe Programm.

Jeden Abend lauschten sie den Worten Nsnawams,

sangen die Lieder, und ab und zu hatte John dem Steuermann Bericht zu geben.

Dieser hatte für die Berichte immer nur ein höhnisches Lachen übrig und trank seinen Rum aus.

Eines Abends war John wie immer bei den Sklaven.

Er staunte nicht schlecht, als er den Steuermann plötzlich kommen sah.

Nsnawam sang wieder einmal mit den anderen ihr Lieblingslied:

»Er wird die Trauernden trösten
und die Gefangenen befrein.
Dann . . .«

»Halts Maul!« schrie der Steuermann außer sich. »Raus mit dir!«

Nsnawam gehorchte. Er verließ den Holzverschlag und stand vor dem taumelnden Steuermann.

»Die Gefangenen befrein . . . soso. Aufruhr machen! Das könnte dir so passen.«

Nsnawam hatte zwar keine Erfahrung mit dem Branntwein der Weißen, aber er merkte, daß der Steuermann zuviel davon getrunken hatte.

Mit blutunterlaufenen Augen starrte ihn dieser an.

»Aufruhr machen!« wiederholte er. »Aber nicht bei mir.«

Er zog die Peitsche hervor und schlug so lange auf Nsnawam ein, bis dieser blutüberströmt liegenblieb. Dann packte er ihn und warf ihn zwischen die entsetzten Sklaven.

John hatte wie gelähmt, mit weit aufgerissenen Augen dem Schauspiel zugesehen. Das war nicht recht! War dies alles überhaupt recht? Durfte man Menschen wie eine Ware verkaufen? Auch wenn es »nur« Neger waren? Waren es nicht auch Menschen, nur eben schwarz und anders? Alle diese Gedanken gingen ihm durch den Kopf.

Währenddessen taumelte der Steuermann an Deck.

»Sklavenpack! Verrücktes Sklavenpack!« schimpfte er laut vor sich hin.

Kibi versuchte zwischen die verstörten Sklaven zu Nsnawam zu gelangen. Dieser lag still auf dem Bretterboden.

»Nsnawam«, flüsterte Kibi, »sage doch bitte etwas, Nsnawam . . .«

Aber Nsnawam schwieg. Er atmete nur noch schwach und unregelmäßig. Dann öffnete er die Augen, sah Kibi an und sagte: »Kibi, jetzt mußt du meinen Platz übernehmen.«

Vor Tränen konnte Kibi kaum mehr etwas sehen. »Er kommt! Er kommt!« murmelte Nsnawam.

»Wer kommt?«

»Jesus, mein Herr!«

Dann öffnete sich sein Mund, und mit letzter Kraft sang er:

»Dann wird niemand mehr weinen,
nur große Freude wird sein.«

Nsnawam legte seine Hand auf Kibi und sank zusammen.

Kibi konnte nicht einschlafen. Man hatte ihm das Liebste weggenommen, was er besaß. Nsnawam war ihm wie ein Vater geworden, und nun war er tot.

Oder lebte er? Vielleicht nur in einer anderen, schöneren Welt? In einer Welt, wo niemand mehr weint, wo nur noch große Freude sein wird? Ja! Kibi fuhr zusammen. Nsnawam lebte bei Jesus! Jesus hatte ihn abgeholt, er hatte ihn ja gesehen. Ich gehe, um Hütten für euch fertig zu machen, hatte Jesus kurz vor seinem Tod gesagt.

Und ich will, daß ihr immer bei mir sein sollt. Nsnawam war jetzt bei Jesus. Dort konnte ihm niemand mehr etwas antun, überlegte Kibi. Dort durfte ihn keiner mehr schlagen.

Schlagen . . .??? Der Steuermann hatte Nsnawam umgebracht. Wenn nur eine Gelegenheit käme, so würde ihn Kibi töten. Er haßte ihn! Sollten sie dann mit ihm machen, was sie wollten. Aber der Tod seines besten Freundes durfte nicht ungerächt bleiben. –

Vater vergib ihnen, denn sie wissen nicht, was sie tun! Kibi blickte umher. Wer hatte das gesagt? Plötzlich fiel ihm die Geschichte wieder ein. Jesus war zum Tode verurteilt, verspottet und an ein Kreuz genagelt worden. Ein Wort – und er hätte vom Kreuz herabsteigen und seine Feinde töten können. Aber statt dessen sagte er: Vater vergib ihnen, denn sie wissen nicht, was sie tun! Er sagte nicht: Ich will mich rächen.

Auf einmal wußte Kibi, was er zu tun hatte. Morgen sollte er mit dem Steuermann sprechen, ihn so ansehen, wie Nsnawam es getan hätte und erzählen, wie dieser gestorben war.

Morgen wollte er dem Steuermann sagen, daß dieser Mord – wie jeder Mord – Unrecht war und daß Gott den Steuermann dafür bestrafen würde.

Aber da war noch etwas. Tief in seinem Inneren wußte er es. Kibi hatte Angst. Nein, das brachte er nicht fertig, das nicht.

Aber Gott wollte es so. Hatte Kibi nicht versprochen, immer zu gehorchen?

Er sollte dem Steuermann auch sagen, daß Gott ihn aber trotzdem lieb hätte. Es gab einen Weg, damit Gott ihn nicht bestrafen müßte. Nur einen Weg. Nämlich Jesus als Herrn anzunehmen und ihn um Vergebung zu bitten. Dann würde auch der Steuermann ein Kind Gottes.

Dies alles hatte er zu sagen. Kibi kämpfte mit sich selbst, bis es Morgen wurde. Dann war er bereit. Jesus würde ihm die Kraft geben, alles zu sagen. Wohl zitterte er, wenn er nur daran dachte, aber es mußte sein. Gott wollte es so, das wußte er.

7. Kibis Kampf

Es war gegen Mittag. Die Sonne knallte auf das Deck herunter. Keine Wolke war zu sehen. Kibi saß neben den anderen Männern auf dem Deck. Viele dösten schläfrig vor sich hin. Aber er war hellwach.

Da sah er ihn. Er stieg gerade die Treppe herauf.

Kibis Herz begann zu schlagen, als wollte es zerspringen. Seine Lippen bebten. Sein ganzer Körper zitterte. Der Haß stieg in ihm hoch. Dieser Mann hatte Nsnawam getötet – ohne jeden Grund.

Kibi stand auf.

»Herr«, rief er dem Steuermann zu, »ich muß etwas sagen.«

»So, was denn?«

»Gestern abend hat Jesus Nsnawam in seine Hütten heimgeholt. Nsnawam sang sein Lied zu Ende, ehe er starb. Du hast ihn umgebracht!«

Mit seinem Zeigefinger deutete er anklagend auf den Steuermann.

»Gott wird dich dafür richten. Er wird dich dafür bestrafen.«

Mit fassungslosen Augen starrte der Steuermann ihn an. Das hatte noch niemand gewagt! Ihn öffentlich zu beschimpfen. Und dann auch noch dieser Sklavenjunge. Was fiel dem denn ein?

Schon versammelten sich einige Matrosen um die beiden, die sich dieses Schauspiel nicht entgehen ließen.

»Aber ich muß noch etwas sagen«, fuhr Kibi fort. Seine Zunge klebte, seine Füße zitterten, und er sprach leise, aber eindringlich weiter.

»Gott hat seinen Sohn Jesus Christus sterben lassen, damit er dich nicht bestrafen muß. Wenn du ihn um Vergebung bittest und er dein Herr sein kann, wird er dir alles vergeben. Du wirst für diesen Mord nicht bestraft werden. Natürlich wird sich dein Leben verändern, wenn du ihm gehörst«, fügte Kibi hinzu.

John stand neben den anderen Matrosen und lauschte atemlos. Nein, dieser Kibi, wo hatte er nur diesen Mut her?

Der Steuermann war sprachlos. Er wußte nicht recht, ob er losschreien oder loslachen sollte. Dieser Bengel, dieser Negersklave . . .

So standen sie sich gegenüber. Kibi schaute dem Steuermann direkt in die Augen. Nach einer Weile hatte sich dieser gefaßt.

»Soso«, sagte er und lachte laut los.

»Eine schöne Predigt, mein Junge.«

Und während er »o. k.!« murmelte, ging er weg.

Auch der Ring der Matrosen löste sich langsam auf. Kibi stand fassungslos da. War das alles? Warum mußte er dann überhaupt alles sagen? Nur um ausgelacht zu werden?

Da spürte er eine Hand auf seiner Schulter. Es war John. »Meinst du wirklich, daß Gott diesem Halunken vergeben würde?«

»Ja«, antwortete Kibi kurz.

»Ich weiß nicht . . ., aber du hast vielleicht einen Mut«, meinte John.

»Wie du mit ihm gesprochen hast. Ich bewundere dich.«

»Ja, ja«, sagte Kibi und setzte sich gedankenverloren hin. Den ganzen Nachmittag saß er so da in Gedanken versunken. Was hatte er verkehrt gemacht? Warum diese abweisende Antwort? Na ja, zumindest war er nicht geschlagen worden.

Langsam wurde er ruhiger und auf einmal war es ihm, als würde es tief in seinem Inneren heißen: Kibi, sei nicht so mutlos. Warte ab.

Kibi spürte, es war nicht nur seine Einbildung, sondern die Stimme Jesu.

Am Abend wurden sie wie immer in den Holzverschlag geführt und dort hockten sie wieder eng zusammen. Der erste Abend ohne Nsnawam.

Wer würde nun singen und sprechen? Wer würde nun laut beten?

John stand vor dem Verschlag und schaute Kibi an.

»Los, Kibi!« flüsterte er.

John entsann sich genau an die Worte Nsnawams: »Kibi, jetzt mußt du meinen Platz einnehmen.«

Auch Kibi dachte an diese Worte, aber ihm fehlte der Mut.

Alles war still, denn jeder erinnerte sich an Nsnawam und seinen plötzlichen Tod.

Auf einmal hörten sie eine zaghafte, immer kräftiger werdende Stimme.

»Er wird die Trauernden trösten
und die Gefangenen befrein.
Dann wird niemand mehr weinen,
nur große Freude wird sein.«

Es war Kibi, der sang. Er hatte die Augen geschlossen und bat im stillen Gott um Hilfe.

Dann begann er zu erzählen. Die Neger kannten seine Geschichte, Nsnawam hatte sie oft erzählt. Aber immer wieder wurden sie von den Geschehnissen ergriffen. Gerade heute, weil Nsnawam nicht mehr da war.

Kibi führte sie nach Jerusalem, der Hauptstadt Israels. Er führte sie zum Gerichtsplatz, zu Pontius Pilatus, zu den Folterknechten und endlich zum Kreuz, an dem Jesus hing und starb. Laut hörten alle die Worte Jesu: Vater, vergib ihnen, denn sie wissen nicht, was sie tun! Dann gingen sie mit den Frauen zum Grab und hörten die Nachricht: Er ist nicht hier, er ist auferstanden! Mit leuchtenden Augen rief es Kibi in die Runde: »Er ist auferstanden!«

Obwohl er noch so jung war, hörten selbst die älteren Männer aufmerksam zu.

»Weil Jesus gestorben ist, können alle, die ihn lieben, zu Gott kommen und werden für immer leben. Wir dürfen dann wissen, daß Jesus immer bei uns ist. Er will unser Herr sein. Wir brauchen ihn nur darum zu bitten. Natürlich sollen wir ihm dann auch gehorchen. Das ist nicht immer leicht.«

John dachte daran, wie Kibi mit dem Steuermann gesprochen hatte.

»Wir wollen mit Gott reden«, meinte Kibi.

»Aha, ist schon wieder einer am Predigen?« rief plötzlich der Steuermann dazwischen.

»Los, raus!«

Kibi verließ den Holzverschlag und trat vor den Steuermann. Dieser hob die Hand mit der Peitsche und blickte ihn höhnisch an.

Kibi schaute ihm ruhig in die Augen. Er spürte, wie er die Kraft bekam, um ganz still zu sein, ja noch mehr, der Haß konnte in seinem Herzen nicht aufkommen.

Augenblicke standen sie sich schweigend gegenüber. Plötzlich ließ der Steuermann seine Hand sinken.

»Geh wieder rein, und Ruhe! Hast du verstanden?«

»Wir werden noch beten und dann wollen wir schlafen«, erwiderte Kibi freundlich.

Die Augen des Steuermanns weiteten sich.

»Sklavenpack! Verrücktes Sklavenpack!« schrie er und ging ärgerlich schimpfend weg.

Kibi kletterte zurück in den Holzverschlag und dankte Jesus für seine Hilfe.

Vor dem Verschlag stand ein Schiffsjunge, der in diesen Augenblicken die wichtigste Entscheidung seines Lebens fällte.

John gab sein Leben Jesus Christus.

8. »Land! Land!«

Der nächste Tag begann wie immer. Kibi merkte aber bald, daß etwas Außergewöhnliches die Matrosen beschäftigte. Obwohl die Seemänner ein gutes Stück von ihm entfernt waren, verstand er einiges von dem, was sie sagten.

»Gestern abend hielt ich Wache, unten bei den Sklaven«, sagte einer. »Da predigte doch tatsächlich der Junge, na, ihr wißt schon. Der Steuermann kam und ließ ihn rauskommen, um ihn auszupeitschen. Aber der Blick des Jungen, sag ich euch; so was, er hatte keine Angst und blieb ganz ruhig. Nun, ich weiß nicht warum, aber auf jeden Fall schlug er ihn nicht. Und jetzt das!«

Kibi fragte sich, was denn geschehen war. Der Tag verging, und er sah nicht einmal den Steuermann. Am Abend fragte er John, der sich wie immer um diese Zeit bei den Sklaven aufhielt, was denn passiert war.

»Der Steuermann ist letzte Nacht die Treppe zu seiner Kajüte runtergestürzt und hat sich dabei den Kopf ziemlich böse angeschlagen«, erklärte John.

»Er liegt jetzt in seiner Kajüte, und der Schiffsarzt hat gesagt, es sieht schlecht mit ihm aus.«

War das Gottes Strafe, oder hatte es einen anderen Sinn? Kibi wußte, daß Krankheiten und Unfälle nicht Gottes Strafe sein mußten, sondern daß Gott einen anderen Grund haben konnte, den wir Menschen nur nicht immer gleich verstehen.

Er sang und erzählte, aber seine Gedanken waren bei dem Steuermann. Wenn dieser jetzt starb, dann wartete Gottes Gericht auf ihn. Gott mußte ihn bestrafen, es ging gar nicht anders, denn Gott ist gerecht. Daß Jesus für ihn gestorben war, wollte er nicht anerkennen.

Schade, dachte Kibi. Schade??? Wieso eigentlich? Da merkte er, daß es Jesus war, der ihm diese Liebe zum Steuermann schenkte.

Jesus war auch für diesen Mörder gestorben. Konnte Kibi irgend etwas tun? Warte ab, hatte Jesus gesagt.

Also gab es nur eines, nämlich abwarten. Nein, noch etwas! Er konnte mit Jesus darüber reden. Dies tat er auch.

Kurz nachdem sie am nächsten Morgen ihr Essen bekommen hatten, wurde Kibi von einem Matrosen gerufen. Er stieg mit ihm eine kurze Treppe hinunter.

Eine Tür wurde geöffnet, und Kibi stand in der Kajüte des Steuermanns.

»Kibi, ich muß mit dir sprechen«, sagte er. Der Matrose ging, und Kibi betete lautlos: »Herr, hilf mir!«

Der Steuermann lag vor ihm, einen dicken Verband um den Kopf. Seine Haut hatte eine graue Farbe bekommen. Mit traurigen, glanzlosen Augen schaute er Kibi an.

»Ich muß mit dir sprechen«, wiederholte er.

»Gott muß mich bestrafen, du hast recht. Ich habe es verdient. Was muß ich tun?«

»Bitte Jesus um Vergebung und nimm ihn als Herrn an«, sagte Kibi langsam. »Gib das Versprechen, ihm immer zu gehorchen und zu dienen.«

Ihm immer gehorchen? Er soll mein Herr sein? Ich will aber selbst mein Herr sein, dachte der Steuermann; sagte dann aber laut: »Kibi, kannst du für mich beten?«

»Ja!« Kibi schloß die Augen und begann:

»Herr Jesus, du siehst, wie krank der Steuermann ist. Bitte, schenke ihm den Mut, dich um Vergebung zu bitten und sein Leben ganz in deine Hand zu legen. Bitte, mache ihn auch wieder gesund.«

»Danke, du kannst gehen.«

Kaum war Kibi gegangen, da dachte der Steuermann über alles nach, was er gehört hatte.

Nein! Ich will mein eigener Herr bleiben. Wenn ich nur wieder gesund werde . . .

Kibi ging an Deck und setzte sich zu den anderen Sklaven.

Er hatte die Ablehnung des Steuermanns wohl gemerkt; aber immerhin, er war von ihm gerufen worden.

Sollte Gott auch zu ihm gesprochen haben? Kibi spürte, daß er auch weiterhin Geduld haben mußte. Und wenn der Steuermann nun starb?

Eines Tages spürte Kibi, daß John etwas bedrückte. »Was hast du, John?« fragte er.

»Ich habe keinen Freund mehr auf dem Schiff«, war die Antwort.

»Keinen Freund?«

Aber schon fuhr John fort: »Keiner nimmt mich mehr für voll. Alle sagen, ich wäre ein Spinner. Andauernd ärgern sie mich und machen ihre Scherze.«

»Warum?« fragte Kibi.

John wurde etwas verlegen.

»Weißt du«, begann er stockend, »ich habe Jesus mein Leben gegeben. Seitdem mache ich eben nicht mehr alles mit, was die anderen Männer machen. Und deshalb betrachten sie mich nicht mehr als einen der ihren.«

»John, du sagst, du hättest keine Freunde mehr, das stimmt nicht. Du hast mehr Freunde als früher«, behauptete Kibi.

»Was? Das verstehe ich nicht.«

»Ja! Schau mal, deine ehemaligen Freunde haben dich schon im Stich gelassen, als sie merkten, daß du jetzt Jesus nachfolgen willst. Hättest du sie in irgendeiner Not gebraucht, ob sie wohl bereit gewesen wären, dir zu helfen? Aber Jesus ist immer bei dir, und er verläßt dich noch nicht einmal, wenn du versagst. Und ich bin auch noch da«, fügte Kibi still hinzu.

John blickte ihn ungläubig an. Doch dann schien er zu begreifen.

»Du meinst, ich habe erst jetzt richtige Freunde?«

»Ich kann mir über die anderen kein Urteil erlauben«,

sagte Kibi. »Aber auf jeden Fall bist du nicht ohne Freunde. Du hast jetzt den besten, den du haben kannst, nämlich Jesus.«

»Danke Kibi, jetzt verstehe ich.«

Am Abend des nächsten Tages sah Kibi zum ersten Mal wieder den Steuermann. Er war sehr mager.

»Es geht ihm besser«, hatte John gesagt.

Kibi freute sich darüber und lächelte ihn freundlich an. Dieser schaute aber sofort weg, als ihn Kibis Blick traf. Irgendwie fühlte er sich nicht wohl, wenn er ihn sah.

»Ich will mein eigener Herr bleiben«, murmelte er. Unerträglich langsam schlichen die Tage dahin. Seit Wochen hatten sie nur Wasser gesehen, immer nur Wasser.

Da hörte Kibi eines Tages einen Matrosen, der hoch oben im Mastkorb rief:

»Land! Land!«

Kibi hatte von John etwas Holländisch und Englisch gelernt. Dafür beherrschte John dank Nsnawams und Kibis Hilfe die Sprache der Eingeborenen.

Kurze Zeit später erblickten sie alle das Ufer. Ganz weit entfernt, am Horizont, konnte man eine feine, grüne Linie sehen.

Was kam nun auf sie zu? Man würde sie verkaufen – und dann? Ob er wohl mit seiner Mutter und seinen Geschwistern zusammenkäme? Was war mit Vater? Lebten seine Angehörigen überhaupt noch? Vielleicht hatte man sie auch auf ein Schiff verkauft?

Kibi wußte es nicht. Er konnte nur dem vertrauen, der auf alle diese Fragen die Antwort wußte: Jesus.

Für Kibi verliefen die nächsten Tage wie ein großer Alptraum.

Die vielen neuen Eindrücke im Hafen, der menschenunwürdige Verkauf, die Trennung von seinen Leidensgefährten und von John brachten ihn vollkommen durcheinander.

Endlich fand er sich in den Südstaaten von Amerika auf einer Baumwollplantage wieder.

Alles war für ihn neu. Die weiße Familie, deren Kinder, die Arbeit auf dem Feld und der strenge, aber wenigstens einigermaßen gerechte Aufseher. Aber Kibi stellte sich schnell auf die neuen Gegebenheiten ein.

Wenn es sein muß, sollt ihr auch als Sklaven still und freundlich eure Arbeit tun. So gefällt es Gott, hatte Nsnawam ihnen erklärt.

Diesen Satz sprach sich Kibi immer wieder leise vor, wenn er die weißen Kinder fröhlich in Freiheit spielen sah, während sie wie die Tiere in der glühenden Sonne arbeiten mußten. Trotzdem versuchte er immer freundlich zu sein. Dies fiel ihm oft unendlich schwer.

Auf dem Schiff hatte alles eine gewisse Ordnung gehabt. Dort hatte er den Platz Nsnawams einnehmen können und dessen Einfluß war bis zuletzt spürbar geblieben. Aber nun befand er sich in einer ganz anderen Welt. Von all seinen Freunden war er getrennt. Abends wurde nicht gesungen, niemand erzählte von Jesus. Kibi betete zwar immer noch, aber nur leise für sich.

Hatte er nicht auch hier, auf dem Feld und in den Unterkünften für die Sklaven, die Aufgabe von Jesus zu erzählen? Aber wollten die anderen überhaupt etwas von dem Sohn Gottes hören?

Der weiße Herr Stanton, der Plantagenbesitzer, ging doch jeden Sonntag zum Gottesdienst, wo von Jesus erzählt wurde. Dies hatte ihm einer der Sklaven gesagt.

Und trotzdem wurden sie nicht wie andere Menschen behandelt, sondern wie Arbeitstiere.

Waren sie denn nicht soviel wert wie die Weißen, nur weil sie eine schwarze Haut hatten?

Diese Fragen beschäftigten Kibi, und immer wieder betete er: »Herr Jesus, hilf mir doch. Ich weiß nicht mehr weiter.« Aber es geschah nichts. Hörte ihn Jesus nicht?

Es war Herbst geworden.

Kibi war nun schon das zweite Jahr auf der Plantage. Während er mit den anderen Männern arbeitete, trat der Aufseher zu ihm und sagte: »Kibi, geh mal ins Haus und hol mir etwas zu trinken.« Kibi nickte und lief los.

Als er durch das schöne, große Haus des Plantagenbesitzers ging und aus der Küche eine Flasche mit Saft holte, sah er auf dem Tisch ein Buch liegen. Es war aufgeschlagen. Kibi erkannte darin seltsame Zeichen.

Nsnawam hatte ihm auf dem Schiff erklärt, wie ein Buch aussah, aber noch nie hatte er eins gesehen.

Was es vielleicht gar – Kibi wurde bleich – das »Buch Gottes«, die Bibel? Wie gebannt stand er da und starrte auf das Buch.

»Was ist denn mit dir los?« Er fuhr erschrocken zusammen. Ein weißer Junge ging auf ihn zu und wiederholte seine Frage.

»Ist das das Buch Gottes?« stotterte Kibi.

»Das was?«

»Das Buch Gottes, die Bibel.«

»Nein!«

Kibi war enttäuscht.

»Kannst du denn lesen?« fragte der weiße Junge.

»Nein«, sagte Kibi und dachte: Wenn ich das Buch Gottes lesen könnte, das wäre herrlich.

Jetzt erst fiel dem weißen Jungen auf, daß Kibi recht gut Englisch sprach.

»Woher kannst du denn so gut Englisch?« fragte er.

»John hat es mich gelehrt.«

Kibi war in seinen Gedanken so weit weg, daß er ganz vergaß, daß der Junge John nicht kennen konnte.

»John?«

»Er war mein Freund auf dem Sklavenschiff, und von ihm habe ich die Sprache etwas gelernt«, erklärte Kibi.

Im Hintergrund stand unbemerkt der Plantagenbesitzer, Herr Stanton. Er beobachtete aufmerksam den schwarzen Jungen.

Er schien intelligent zu sein. Ob man ihn wohl zu schwierigen Arbeiten gebrauchen konnte?

Kibi merkte von alledem nichts. Ihm fiel plötzlich wieder der Aufseher und seine Flasche in der Hand ein. Ohne sich zu verabschieden, ließ er verwirrt den weißen Jungen stehen und rannte zum Feld zurück.

»Na endlich! Hast du den Saft erst pressen müssen?«

»Nein, nein«, murmelte Kibi geistesabwesend und arbeitete weiter.

Am nächsten Morgen wurde er zu Herrn Stanton gerufen. Unsicher und verlegen stand er vor ihm.

»Wie heißt du?«

»Kibi!«

»Du hast Englisch gelernt?«

»Ja und auch etwas Holländisch.«

»Aber lesen kannst du nicht, oder?«

»Nein!«

»Möchtest du es lernen?«

Kibi stand mit weit aufgerissenen Augen sprachlos da.

»Möchtest du es lernen?« wiederholte Herr Stanton.

Und wie er es wollte!

»Ja«, stotterte Kibi.

Nun war er vollkommen durcheinander. Das gab es doch gar nicht, daß er lesen lernen durfte.

»Gut, wir werden es versuchen. Ab morgen wird dir meine Frau das Lesen beibringen. Jeden Morgen eine Stunde, und danach wird auf dem Feld gearbeitet wie immer. Verstanden?«

»Ja!« Kibi nickte und blieb wie angewachsen stehen.

»Ist noch was?«

Erst jetzt faßte sich Kibi wieder und rannte aus dem Haus hinaus, um an seine Arbeit zu gehen. Aber heute machte er alles verkehrt. Seine Gedanken waren die ganze Zeit nur bei einem: Er, Kibi aus Lawra, sollte lesen lernen.

Ob er später auch das Buch Gottes verstehen konnte? Am Abend lag Kibi noch lange wach.

»Herr Jesus, ich danke dir, daß ich lesen lernen darf, bitte hilf mir. Und . . .«, Kibi stockte, »bitte schenke mir eine Bibel.«

Am nächsten Morgen erwachte er schon lange vor Sonnenaufgang und machte sich fertig. Dann stand er vor dem Haus und wartete darauf, hineingerufen zu werden.

Es schien ihm, als wären Stunden vergangen, als man ihn endlich rief. Er war viel zu früh gekommen.

»Du heißt also Kibi?« fragte ihn die freundliche Frau Stanton.

»Ja«, erwiderte Kibi verlegen.

»Mein Mann hat mir gesagt, daß du Englisch kannst, wer hat es dich denn gelehrt?«

Wieder kam nur die kurze Antwort: »John.«

»Wer ist das?«

»Er war mein Freund auf dem Schiff«, begann Kibi langsam. »Er hat mir etwas Englisch und Holländisch beigebracht.«

Langsam brach das Eis, und Kibi erzählte in seiner offenen, fröhlichen Art davon, wie er krank gewesen war und John ihm geholfen hatte.

Frau Stanton hörte ihm geduldig zu.

»Gut«, sagte sie, »nun wollen wir beginnen.«

9. Die Überraschung

Kibi lernte schnell. Bald schon bekam er jeden Tag zwei Stunden Unterricht. Sein Herr hatte vor, ihn in seiner Plantage für wichtige Arbeiten einzusetzen. Wenn Kibi erst einmal Lesen und später auch Rechnen gelernt hätte, würde man ihm die verantwortungsvolle Aufgabe der Buchführung übergeben können.

Dann mußte Herr Stanton nicht mehr den teuren Buchhalter bezahlen.

Zur damaligen Zeit kam es öfters vor, daß man den Schwarzen wichtige Aufgaben überließ. Diese Sklaven wurden weit besser behandelt als die, die auf den Feldern arbeiten mußten. Aber wenn der Besitzer starb, so wurden auch sie häufig verkauft oder vererbt. Dabei trennte man oftmals Eltern und Kinder, Geschwister, ja sogar Mann und Frau voneinander.

Aber diese Dinge belasteten Kibi jetzt nicht. Er lernte mit einem Eifer, daß sich die Stantons nur freuen konnten.

Gewiß, am Anfang hatte er das Buch verkehrt herum gehalten, aber jetzt konnte er schon fließend lesen und auch leichte Rechenaufgaben lösen.

Wenn Kibi genügend gelernt hatte, sollte er mit Kumba, dem Haussklaven der Familie, in ein Zimmer ziehen. Beide sprachen zwar jetzt noch wenig miteinander, aber sie verstanden sich recht gut.

Es war an einem sonnigen Vormittag, als Kibi es wagte, eine lang gehegte Frage zu stellen.

»Frau Stanton, haben Sie das ›Buch Gottes‹?«

»Das Buch Gottes?«

»Ich meine die Bibel.«

»Ja, die besitzen wir. Was willst du damit?«

Kibi traute sich kaum, die nächste Frage zu stellen.

»Darf ich dieses Buch einmal sehen?«

»Gern«, sagte Frau Stanton. »Kumba, hole bitte schnell die Bibel.«

Es dauerte Kibi viel zu lang, bis er endlich zurückkam. Er brachte ein großes, dickes Buch mit einem schwarzen, ledernen Einband.

»Das ist also das ›Buch Gottes‹«, murmelte Kibi.

»Was willst du damit?«

»Gott ist mein Vater«, sagte Kibi »und ich, ich . . .« Er begann zu stottern und wußte nicht recht, was er sagen sollte.

Frau Stanton blickte ihn nachdenklich an.

»Gott dein Vater, wie meinst du das?«

»Jesus hat allen versprochen, die ihn aufnehmen, daß sie Gottes Kinder werden. Das habe ich getan. Deshalb ist Gott nun mein Vater.

Wissen Sie, wo dieses Versprechen Jesu im Buch Gottes steht?« fragte Kibi.

Frau Stanton wurde etwas verlegen. Sie öffnete die Bibel und begann nervös darin herumzublättern. Nach einigen Minuten schlug sie das Buch zu und sagte nur: »Ich glaube, es wird jetzt Zeit, daß du an deine Arbeit gehst.«

Kibi nickte stumm und stand enttäuscht auf.

Da hatte sie das Buch Gottes im Haus und wußte noch nicht einmal, wo diese Worte standen, dachte er.

Endlich kam der Tag, an dem Kibi zu Kumba zog und von Herrn Stanton persönlich seine neue Arbeit zugewiesen bekam.

Zuerst fiel es ihm nicht leicht, den ganzen Tag über den Büchern, Rechnungen und so weiter zu sitzen. Aber bald hatte er sich auch daran gewöhnt.

Abends unterhielt er sich mit Kumba oder las die Bücher, die er von Herrn Stanton ausgeliehen bekam.

Er wagte es nicht wieder, nach der Bibel zu fragen. So vergingen Wochen und Monate.

Da er seine Arbeit so gut und gewissenhaft machte, überlegte Herr Stanton eines Tages, wie er ihm eine kleine Freude bereiten könnte.

Haussklaven gehörten damals fast zur Familie, und so war ihnen auch Kibi ans Herz gewachsen.

»Was könnte man Kibi schenken?« fragte Herr Stanton überraschend eines Abends seine Frau.

»Ich weiß nicht.«

»Er liest so gern, ob wir ihm irgendein Buch schenken sollten? Bücher sind zwar teuer, aber bald ist Weihnachten, und dieser Kibi gefällt mir.«

»Ein Buch?« meinte seine Frau nachdenklich.

»Es ist schon lange her, da wollte er unsere Bibel sehen. Das ›Buch Gottes‹, sagte er. Er war sehr merkwürdig. Aber . . . ich glaube, über eine Bibel würde er sich sehr freuen.«

»Eine Bibel? Glaubst du wirklich, daß dieses Buch ihn interessiert?«

»Ja, damals machte er so einen Eindruck.«

»Gut!«

Von all dem erfuhr Kibi natürlich nichts.

Als das Weihnachtsfest kam, freute er sich vor allem auf das gute Essen. Davon hatte ihm nämlich Kumba erzählt.

Welche Bedeutung Weihnachten hatte, wußte er nicht.

So war er nicht wenig erstaunt, als am Heiligen Abend Herr Stanton ein Buch in die Hand nahm und daraus vorzulesen begann.

»Es waren aber Hirten in dieser Gegend, die . . .«

Kibi hörte gespannt zu.

Und dann hörte er einen Namen, bei dem er wie elektrisiert aufsprang: Jesus!

Alle schauten ihn verwundert an.

»Was ist los, Kibi?«

»Sie haben gerade Jesus gesagt.«

»Ja, ich lese doch die Weihnachtsgeschichte vor.«

Kibi sank auf seinen Platz zurück und lauschte. Die Geschichte kannte er. Nsnawam hatte sie erzählt, nur mit anderen Worten.

Wo hatte Herr Stanton denn diese Geschichte her? Da begriff er. Das Buch, aus dem vorgelesen wurde, mußte die Bibel sein!

Als Herr Stanton geendet hatte, machte er eine Pause und räusperte sich auffällig. Dann rief er Kibi. Er stand auf und ging zu seinem Herrn.

»Ich freue mich sehr, wie gut du deine Arbeit machst. Willst du sie auch weiterhin so gut machen?«

»Ja, natürlich.«

Was sollte diese komische Frage?

»Jetzt schenke ich dir als Anerkennung diese Bibel. Ich hoffe, daß du mir dafür durch deine Arbeit danken wirst.«

Kibi hatte kaum die Kraft, die ihm geschenkte Bibel in Empfang zu nehmen. Tränen liefen über sein Gesicht.

»Danke schön«, sagte er leise.

Er hatte das »Buch Gottes«. Und er durfte darin lesen. Nachdem er sich gesetzt hatte, öffnete er ehrfürchtig das Buch und las, was er da aufgeschlagen hatte:

»Wie viele ihn aber aufnahmen, denen gab er Macht, Gottes Kinder zu werden; alle, die an seinen Namen glauben.«

Kibi merkte gar nicht, daß er diese Worte laut vorgelesen hatte.

Und da stand weiter:

»So sehr hat Gott die Welt geliebt, daß er seinen einzigen Sohn gab, auf daß alle, die an ihn glauben, nicht verlorengehen, sondern das ewige Leben haben.«

Herr Stanton schaute zu seiner Frau. Wie konnte sich dieser Negerjunge doch über die Bibel freuen. Das verstand er nicht.

Eigentlich nur an Weihnachten schlug er dieses Buch auf und las daraus vor. Das gehörte sich einfach so. Aber Kibi???

Was hatte er davon?

Erst als die weißen Kinder ein Weihnachtslied anstimmten, blickte Kibi wieder auf. Er hatte die ganze Welt um sich herum völlig vergessen. So war er in die Bibel – in seine Bibel – vertieft gewesen. »Weihnachten – Gott schickte seinen Sohn für mich«, sagte er leise.

10. Der Besucher

Aufgeregt sprang Kumba ins Zimmer.

»Besuch kommt, Kibi. Ja eigentlich ist er schon fast da.«

»Wirklich?« erwiderte Kibi. Was interessierte ihn der fremde Besuch der weißen Familie.

»Ich habe noch so viel zu tun«, jammerte Kumba.

»Kann ich dir helfen?« fragte Kibi.

»Ach nein, aber wo soll ich nur anfangen?«

Kibi mußte über Kumba lächeln. Immer wieder das gleiche. Er kannte diese Worte schon und wußte, daß Kumba noch viel Zeit hatte, um gut mit seiner Arbeit fertig zu werden. Aber er machte es immer so. Es tat ihm einfach gut, wenn Kibi dann auf ihn achtete und ihn bedauerte. Das wußte Kibi, und so machte er ihm die Freude.

»Was hast du denn noch alles zu tun, Kumba?« fragte er.

»Noch unendlich viel . . .!« erwiderte dieser aufgeregt und raste wie der Blitz aus dem Zimmer.

»Aber Kumba . . .«, lachte Kibi hinter ihm her.

Am Nachmittag des nächsten Tages ging er mit einer Rechnung zu Herrn Stanton. Als er sah, daß dieser den Besuch schon empfangen hatte, drehte er sich leise um und wollte wieder zurückgehen. Da hörte er seinen Namen:

»Kibi!!!«

Er blieb erschrocken stehen. Das war nicht die Stimme seines Herrn.

Das war – er drehte sich schnell um –, das war John. Dieser war schon aufgesprungen und umarmte ihn. Kibi ließ die Rechnung fallen und stand hilflos da.

»Kibi, ich bin's, erkennst du mich nicht?«

Er brachte kein Wort heraus, nickte nur stumm, hob die Rechnung auf und blieb immer noch schweigend stehen.

Dann blickte er zu John, zu seinem Herrn, zu Kumba und sagte endlich.

»Wie kommst du denn hierher?«

»Herr Stanton ist mein Onkel«, antwortete John.

Langsam fand Kibi seine Fassung wieder, und die beiden Freunde begannen zu erzählen.

John hatte das Schiff verlassen und war zu seinen Eltern zurückgekehrt.

Wie hatte sich seine Mutter gefreut! Er war zwar mit Erlaubnis seiner Eltern auf See gegangen, aber beide waren froh, ihn gesund wiederzuhaben. Inzwischen war er Missionar geworden. Nun wollte er sich bei seinen Verwandten verabschieden, da er in wenigen Wochen nach Afrika ausreiste, um den Schwarzen von Jesus Christus zu erzählen.

Kibi war sprachlos.

»Warum willst du dorthin gehen?« fragte er.

»Weil Jesus es so befohlen hat und es auch mein Wunsch ist, daß die Schwarzen von ihm hören. Immerhin war es ja ein Schwarzer, der mir von Jesus erzählt hat.«

»Wo hat Jesus befohlen, nach Afrika zu gehen?«

»Er hat gesagt: Gehet hin in alle Welt und predigt allen die Frohe Botschaft, das Evangelium. Und Afrika gehört doch auch zu dieser Welt, oder?« fügte John lächelnd hinzu.

»Aber die Zauberer werden dich töten!« sagte Kibi.

»Nur, wenn Gott es zuläßt«, erwiderte John. »Aus einem sterbenden Samen entsteht neue Frucht. Das ist wie bei einem Weizenkorn. Du legst es in die Erde und dort scheint es zerstört zu werden. In Wirklichkeit aber entsteht ein Halm, und an diesem hängt dann die Frucht – die Weizenähre.

Würde das Weizenkorn nicht in die Erde fallen und dort sterben, so brächte es keine Frucht.«

Doch nun mußte Kibi berichten, und begeistert erzählte er John von allen seinen Erlebnissen.

Es wurde spät, als die beiden Freunde sich trennten und schlafen gingen.

John lag auf seinem Bett. Er hatte seine Augen geschlossen und betete.

Eine Idee geisterte in seinem Kopf herum. Aber war das denn möglich?

»Herr Jesus, bitte führe uns deinen Weg«, betete er und schlief wenig später ein.

Auch Kibi fand lange keinen Schlaf. Er war zwar sehr müde, aber Kumba bestürmte ihn mit vielen Fragen.

»Warum wollte John nach Afrika? Wie hatte er durch einen Schwarzen von Gott gehört?«

Kibi erzählte von Nsnawam, von dem Fremden in dessen Dorf, von Nsnawams und seiner eigenen Entscheidung.

»Wie wird man ein Kind Gottes?« fragte Kumba. Mit dieser Frage überraschte er Kibi.

»Ich habe es doch vorhin gesagt: Wenn man Jesus sein Leben übergibt. Wenn er der Herr sein darf.«

»Wie kann ich ihm denn mein Leben geben?«

»Indem du mit ihm sprichst.«

»Was muß ich denn sprechen?«

»Du kannst sagen: Herr Jesus, komm in mein Leben, ich will dir gehören. Sei mein Herr. Vergib mir alle meine Schuld. Ab heute will ich dir gehorchen und dir dienen.«

»Und dann bin ich ein Kind Gottes?« fragte der Schwarze wieder.

»Ja!«

»Kibi, kannst du mit mir beten?«

Er sah ihn erstaunt und fragend an.

Kumba sagte: »Ja, ich habe dich lange beobachtet. Wenn ein Kind Gottes so lebt wie du, dann möchte ich auch ein Kind Gottes werden.«

»Wie meinst du das, Kumba?«

»Du bist immer so freundlich. Verlierst fast nie den

Mut. Gewiß, du machst auch Fehler, versagst auch, aber ich spüre, du bist einfach anders als ich. Ich möchte auch so sein wie du.«

Kibi wußte nicht, was er jetzt sagen sollte.

»Beten wir?« fragte Kumba wieder.

»Ja!«

Ehe Kibi einschlief, dankte er Jesus dafür, daß er ihn auch hier benutzt hatte, um anderen Menschen von ihm zu erzählen.

Er hatte etwas sehr Wichtiges gelernt. Man soll nicht nur von Jesus erzählen, gewiß ist das nötig; aber man muß auch so leben, daß die anderen merken, daß man ein Kind Gottes ist.

Am nächsten Morgen fand ein Gespräch zwischen John und seinem Onkel statt.

Dieser fragte:

»John, warum willst du nach Afrika gehen? Das mußt du mir noch mal erklären.«

Und John erklärte es ihm.

»Alle Menschen ohne Jesus sind verloren. Deshalb will Gott, daß alle von ihm hören und sich für ihn entscheiden können.

Wenn man jemanden nicht kennt, kann man sich auch nicht entscheiden, ob man mit ihm leben will oder nicht.

Darum hat er seinen Kindern befohlen, sein Wort weiterzusagen, wo er sie hinschickt. Und mich sendet er nach Afrika, das weiß ich.«

John machte eine kurze Atempause und fuhr dann fort: »Nur der, der Jesus Christus sein Leben gegeben hat und ihm nachfolgt, wird ein Kind Gottes. Ihm wird alle seine Schuld vergeben und ewiges Leben geschenkt.«

Sein Onkel schwieg lange. Dann sagte er: »John, bitte bete für mich!«

Sein Atem ging schwer, als er weitersprach.

»John, ich bin zwar kein Verbrecher, aber oft habe ich gelogen oder andere Dinge getan, die nicht recht sind. Ich möchte, daß Gott mir vergibt. Und«, er zögerte, »und daß ich so ein Mensch werde wie dieser Kibi.«

Auch hier hatte Kibis stilles, freundliches Wesen mitgeholfen, daß Herr Stanton sich für Jesus entschied. Nach dem gemeinsamen Gebet wagte es John, ein besonderes Anliegen vorzubringen. Er spürte, daß Gott den Weg dafür geebnet hatte.

»Onkel, ich habe eine Frage, eine große Bitte.«

»Was möchtest du?«

»Bitte, laß Kibi frei, damit er, wenn er will, mit mir nach Afrika fahren kann.«

Herr Stanton blickte seinem Neffen lange in die Augen und sagte dann: »Gut. Ich hätte Kibi gern bei mir behalten, aber deinen Wunsch will ich erfüllen. Ich lasse ihn frei! Wenn er will, kann er dich nach Afrika begleiten. Ich werde seine Überfahrt bezahlen«, fügte er hinzu.

»Danke!«

11. ». . . nur große Freude wird sein.«

Sie standen am Hafen. Kibi konnte es immer noch nicht fassen, daß er kein Sklave mehr war. Als John ihn gefragt hatte, ob er ihn nach Afrika begleiten möchte, war er nur dagestanden und hatte ihn groß angeschaut. Nach Afrika? Sollte das ein schlechter Spaß sein?

Doch dann hatte er gemerkt, daß John es ernst meinte.

Vor Freude weinte er so sehr, daß er lange Zeit nicht antworten konnte.

Kibi war natürlich begeistert. Und nun sollte ihre Reise bald beginnen. Es war ein gefährlicher Weg, der vor ihnen lag. Die Schiffsreise, der mörderische Urwald und die Eingeborenen selbst. Der Sklavenhandel war noch lange nicht beendet. Ja, es war gefährlich. Kibi konnte wieder gefangen und als Sklave verkauft werden.

Durch seinen Anzug merkte man zwar, daß er nicht irgendein Schwarzer war, aber so leicht waren die Sklavenhändler nicht abzuschrecken.

Kibi dachte an das Weizenkorn. Er war bereit zu sterben, wenn es sein mußte, damit seine schwarzen Brüder von Jesus hören konnten.

Ihr Schiff hatte noch nicht abgelegt, als John plötzlich Kibi so heftig schubste, daß dieser fast umfiel. »Da, sieh doch!« John deutete auf einen Mann, der gerade über das Deck ging. Es war der Steuermann von damals. Auch er erkannte die beiden und kam verlegen auf sie zu. Sie begrüßten sich und dann begann er sofort.

»Kibi und John . . . oft wollte ich schon mit euch sprechen, aber es ging ja nicht. Ich habe damals Nsnawam umgebracht. Immer wieder sah ich seine freundlichen, leuchtenden Augen, wenn ich einschlief, ja, manchmal sogar bei meiner Arbeit. Es war, als würden sie mich verfolgen. Ich konnte sie einfach nicht vergessen.

Lange Zeit versuchte ich, alles im Branntwein zu ertränken. Ich verlor meine Stelle als Steuermann, weil ich meistens betrunken war.

Es wurde immer schlimmer mit mir, bis ich eines Tages, als ich gerade etwas nüchtern war, an deine Worte dachte, Kibi.

›Jesus muß dein Herr werden, sonst wird Gott dich bestrafen.‹

Ich wußte, daß das stimmte. Aber ich wollte nicht. Doch in diesem Augenblick gab ich meinen Kampf gegen Gott auf und bat ihn um Vergebung. An dem Tag hörte ich mit dem Trinken auf. Das war nicht immer leicht. Mein Körper verlangte nach Alkohol, aber Jesus gab mir die Kraft. Ich . . .«

Schweigend hatten John und Kibi zugehört. Sie sahen, wie der Steuermann nach Worten suchte.

»Jetzt sind wir alle Brüder«, meinte John, »und haben einen Vater.«

»Ja!« sagte der Steuermann mit leuchtenden Augen. Jeden Tag kamen die drei wenigstens einmal zusammen, um gemeinsam in der Bibel zu lesen und zu beten.

Jetzt ging ihnen die Überfahrt, die ohne besondere Vorfälle war, fast zu schnell. Nur Kibi war ungeduldig. Als er dann die afrikanische Küste sah, traten Tränen in seine Augen.

Wie im Traum erlebte er mit, daß sie in einem Hafen anlegten und wenig später in das Landesinnere aufbrachen. Er hatte ein Ziel: Lawra!

Gab es sein Heimatdorf überhaupt noch? War es damals nicht ganz niedergebrannt, und waren nicht alle Einwohner getötet oder gefangengenommen worden?

Kibi gönnte sich keine Ruhe. Immer wieder mußte ihn John bitten, geduldiger zu sein. Und dann, nach wochenlanger Reise auf den gefährlichen Flüssen und Sümpfen – manchmal führte ihr Weg auch quer durch den Urwald –, hatten sie ihr Ziel erreicht.

Hütten tauchten vor ihnen auf. Einige alte Männer saßen auf dem Platz, wo abends das große Feuer entzündet wurde. Kibi lief auf sie zu. Plötzlich blieb er stehen. Ein alter Mann erhob sich und sah ihn an.

»Kibi???«

Sie fielen sich vor Freude weinend in die Arme. Es war sein Vater. Er war damals verwundet worden und liegengeblieben, wie die meisten, die jetzt in Lawra lebten.

Als es dunkel wurde, waren alle um das große Feuer versammelt. In angemessener Entfernung konnte man in der Finsternis auch einige Frauen und Kinder erkennen.

Dann erhob sich der Häuptling des Dorfes und forderte Kibi auf zu sprechen.

Kibi und John sahen einander an und sangen:

»Er wird die Trauernden trösten
und die Gefangenen befrein.
Dann wird niemand mehr weinen,
nur große Freude wird sein.«

Danach begann Kibi zu erzählen. Er wußte, sie hatten eine schwere Aufgabe vor sich. Dem Geisterglauben absagen und zu Jesus zu beten, war für diese Menschen nicht leicht. Aber er wußte auch, daß der Herr über die ganze Welt auf ihrer Seite stand.

Noch eine Frage:

Lebst du eigentlich schon mit Jesus?

Vielleicht hast du verstanden, wie lieb Gott dich hat. Auch für dich ist der Herr Jesus, Gottes Sohn, gestorben. Er trug die Strafe für alle deine Sünden.

Wenn du noch nicht mit Jesus lebst, willst du ein Leben mit ihm beginnen? Überlege es dir gut, es wird auch Schwierigkeiten bringen. Es mag sein, daß deine Freunde dich nicht verstehen, wenn du mit Jesus lebst, und daß sie dich auslachen.

Aber es lohnt sich: Der Herr Jesus vergibt dir dann alle Sünden. Gott, der Himmel und Erde geschaffen hat, muß dich nicht mehr bestrafen. Ja, er ist dann sogar dein Vater, dem du ganz vertrauen darfst. Er führt dein Leben richtig. Jesus ist dann immer bei dir und hilft dir so zu leben, wie er es haben will.

Wenn du zu Jesus gehören willst, kannst du ungefähr so beten:

»Herr Jesus. Ich möchte zu dir gehören. Vergib mir alle meine Sünden. Bitte komm in mein Leben und hilf mir so zu leben, wie du es haben willst. Habe Dank, daß du für mich am Kreuz gestorben bist. Amen.«

Dann darfst du ruhig auch noch all das sagen, was dich bedrückt oder dir auf dem Herzen liegt.

Aber ehe du das betest, noch eine Frage: Willst du das wirklich? Wenn du es nur so daherredest, lügst du Gott an, und das willst du bestimmt nicht. Dann laß es lieber noch sein.

Aber wenn du es dir gut überlegt hast, kannst du Jesus dieses Gebet sagen. Er macht dich dann zu seinem Kind. Das hat er versprochen.

»Wie viele ihn aber aufnahmen, denen gab er Macht, Gottes Kinder zu werden.« (Johannes-Evangelium, Kapitel 1, Vers 12)

Wie geht es nun weiter, wenn du ein Kind Gottes geworden bist?

Es gibt einige Dinge, die du dann einfach brauchst. Genauso, wie wir essen, trinken und schlafen müssen.

1. Gottes Wort
   Du darfst jeden Tag ein Stück aus der Bibel lesen. Am besten beginnst du im Neuen Testament, im Matthäus-Evangelium. Bitte den Herrn Jesus dir zu helfen, sein Wort besser zu verstehen. Es gibt auch Bibellesepläne, die dir dabei helfen können.
2. Gebet
   Du darfst Jesus alles sagen. Er hat immer Zeit für dich. Sage ihm ruhig, was dich freut; was dir Kummer macht; wovor du Angst hast, oder was dir sonst noch wichtig ist.
3. Gemeinschaft
   Triff dich doch mit anderen, um noch mehr von Jesus zu hören. Kinder- und Jungscharstunden, Kindergottesdienste und Sonntagsschulen sind eine tolle Möglichkeit dazu. Aber achte darauf, daß auch wirklich vom Herrn Jesus geredet wird; und zwar so, wie es in der Bibel steht.
4. Gehorsam
   Nun willst du Jesus gehorchen. Und wenn du wieder etwas verkehrt machst, also sündigst? Dann bleibst du dennoch ein Kind Gottes. Aber die Sünde ist zwischen dir und Gott.

In der Bibel können wir lesen:
»Wenn wir unsere Sünden bekennen, so ist er treu und gerecht, daß er uns die Sünden vergibt.« (1. Johannes-Brief, Kapitel 1, Vers 9)
Du darfst dem Herrn Jesus die Sünde also einfach sagen, sie zugeben. Er vergibt dir dann sofort.
Alles klar?
Vielleicht kennst du jemand, der wirklich zu Jesus gehört. Wenn du noch Fragen hast, sprich ihn oder sie einfach mal an. Ich weiß, da gehört Mut dazu. Aber dann hast du jemanden, der dir helfen will, um zu Jesus zu kommen und auch wirklich mit ihm zu leben.

Wenn du niemanden kennst und Fragen hast, darfst du auch mir schreiben:

Andreas Schwantge, Postfach 1220, D-73762 Neuhausen-Stuttgart.